龍神と許嫁の赤い花印二
～神々のための町～

クレハ

STARTS
スターツ出版株式会社

目次

龍神と許嫁の赤い花印二

～神々のための町～

プロローグ

天界。

そこは多くの龍神が住まい、王として立つ四人の龍神によって秩序が保たれている。

『金赤《きんあか》の王』、『白銀《はくぎん》の王』、『漆黒《しっこく》の王』。

そして、『紫紺《しこん》の王』である波琉《はる》。

波琉は天候を司ることから、彼の住まう場所は『水宮殿《すいぐうでん》』と呼ばれていた。

しかし今はその執務室に彼の姿はなく、代わりに波琉の補佐をしている瑞貴《みずき》が仕事を裁いていた。

「瑞貴様、失礼いたします。紫紺様より手紙が届きました」

「おや、珍しい」

波琉からの手紙など、人間界に行ってから初めてのことではないだろうか。

いや、確か人間界に降りて少ししてから、同じ花印を持つ子供が見つからないのでしばらく滞在する旨をしたためた手紙が届いて以来か。

瑞貴は手紙を持ってきた龍神に問う。

「紫紺様が人間界に行かれて百年ぐらいでしたか？」

「いえ、十六年になります」

「そんなものでしたか」

龍神は不老なため、どうも時間の感覚が鈍い。

まだ十六年しか経っていなかったかという驚きとともに、十六年もの間便りひとつ送ってこなかった波琉にあきれる。

まあ、波琉も時間の感覚が緩やかなので近況報告を忘れていたとも考えられた。

龍神にとって百年も十六年もたいして変わらないのである。

「なにかよい報告でもありましたかね？」

手紙を受け取り、中を確認した瑞貴は相好を崩す。

「ああ、やっと同じ花印を持ったお相手と出会えたようですね」

「それは喜ばしい」

瑞貴の言葉を聞いた龍神も表情を緩める。

かの王の手に椿《つばき》の花印が刻まれたことには、紫紺の王に属する龍神だけでなく、他の王に仕える龍神も興味津々なのだ。

誰よりも龍神らしい龍神。

天帝から与えられた役目を粛々とこなすだけで、他者への興味が極端に薄い紫紺の王。

波琉に花印が浮かんだ話はあっという間に天界の噂《うわさ》となり、白銀の王などは、わざわざ水宮殿を訪れて波琉の不在を確認しに来たほどだ。

どんな美しい神にもなびかぬ波琉は、同じ花印を持った人間にも同様に心動かされぬのだろうなと考えながらも、瑞貴は波琉を追い立てるようにして人間界へ行かせた。
その判断が正しかったのか当初は疑問だった。だが……。
【どうやら僕の唯一を見つけたようだよ。ありがとう、瑞貴】
手紙の最後に書かれた一文を目にし、瑞貴の口角は自然と上がっていた。
「こんなことを書かれては、見に行ってみたくなりましたね」
クスリと笑う瑞貴は窓から遠い空に向けて一礼する。
「天帝よ、感謝いたします」
姿の見えぬ天帝に向け、瑞貴は心からの感謝を伝える。
王たる波琉にようやく大事に思える存在ができた。
それは瑞貴にとっても心から喜ばしい出来事だった。
だからこそ、波琉に花印を与えてくださった天帝に感謝を伝えずにはいられなかった。

一章

ミトを閉じ込めていた星奈《ほしな》の一族が住む牢獄《ろうごく》のような村から両親とともに出て、龍神が天より降りてくる地『龍花《りゅうか》の町』に移り住んで早三日。

夢で恋い焦がれた相手が、まさかの龍神の王、紫紺様と判明した時の衝撃はまだ忘れていない。

ようやく出会えた波琉に、ミトは未だに信じられない思いだ。実はこれは夢だと言われても真に受けてしまうだろう。

それほど波琉がそばにいるという事実はミトを戸惑わせた。

そんなミトの心情を知ってか知らずか、後ろからミトのお腹に腕を回してピッタリとくっつく波琉のぬくもりが、余計に戸惑わせている原因である。

ミトの癖のある濃い茶色の髪とは違う、波琉の銀色にキラキラと輝く髪が時折頬にかかってくすぐったい。

振り返れば、紫紺の王にふさわしい紫紺の瞳と目が合う。

さすが人ならざる龍神である波琉は、他人との関わりが少なかったミトから見ても美しく、端正な顔立ちだ。

穏やかな性格が現れているかのように、柔和な雰囲気が漂っている。

龍神とは皆、波琉のように綺麗《きれい》な人ばかりなのだろうか。

両親はミトをいつもかわいいと褒めてくれるが、年のわりには幼げな顔立ちがそう言わせているのだろうと思っている。あとは親の欲目か。

なんにせよ、波琉とは比べるべくもない。

「ねえ、波琉」

「なに？」

「近くない？」

「なにが？」

ふたりの距離がだと言わずとも分かるだろうに、波琉は本当に分からないのかきょとんと小首をかしげる。

「いや、まあ、いいんだけど……」

本当はあまりよくない。

ミトは波琉に恋していて、波琉も同じ想いだと気持ちを確かめ合え嬉《うれ》しくて仕方ないのだが、波琉の体温を感じるほどの距離はミトの心臓をうるさくさせる。

ミトが本気で嫌がったなら、波琉はきっと無理強いすることはない。けれど波琉から逃げたりしないのは、ミト自身が離れがたく感じているためだ。

ずっと夢の中の妄想と思っていた波琉が、現実に存在していた。ミトにとってはなにより嬉しくて、もっとずっとそばにいたいと心が叫んでいた。

なので、あまりにも近い波琉に心臓が口から出そうなほど緊張していても、大人しくされるがままになっているのだ。

ミトを後ろから抱きしめながら、波琉は片手でパソコンにＤＶＤを入れて起動させる。

始まったのは読唇術の講座だった。

「読唇術？」

「そうだよ。夢の中でミトが話している言葉を聞き取るためにね」

波琉が夢の中で読唇術を使えていたのはこうして勉強していたからかと納得したミトはふと思う。

「もう必要なくない？」

なにせミトはここにいて、読唇術などなくとも言葉を交わせるのだから。

すると、波琉は今気づいたとばかりな表情をする。

「あー、ほんとだね。つい癖でいつも通りにしちゃってたよ」

のんびりとした話し方をする波琉は時々抜けている。

そんな些細《ささい》なことを知れるのもミトは嬉しかった。今まではありえなかったから。

波琉はＤＶＤを取り出してケースに戻すと乱雑にポイッと隅に投げる。

「教材は後で蒼真《そうま》に片付けさせよう」

神の世話を主な役目としている神薙《かんなぎ》で波琉の専属である日下部《くさかべ》蒼真は、黒い髪をオールバックにしており、やや目つきが鋭いが人間の中では整った顔立ちをしている。

さらに言うと、ちょっとヤンキー風で言葉遣いが悪いので、彼をよく知らない人は蒼真の威圧感に竦《すく》み上がってしまうだろう。

そんな彼が波琉の前では丁寧な話し方をしていて、ミトはかなり違和感を覚えたものだ。なにせ蒼真との最初の邂逅《かいこう》では、とてもではないが堅気の人間には見えなかったのだから。

しかし、口が悪いだけで結構面倒見がいいというのは、龍花の町に来るまでや波琉の屋敷に住むことが決まってからの細やかな気遣いから見て取れた。

波琉も頼りにしているようで、なにかと蒼真に言いつけているのを目にしている。

蒼真も頼み事をされると面倒くさそうにするものの、波琉には逆らわない。

波琉の頼み事が些細な問題だからではあるが、『神薙とは龍神の無理難題を聞くためにいるようなものだから当然だ』と蒼真は遠い目をした。

どんな難題にも応えられるように、神薙の試験はそれはもう難しいのだとか。

しかし、それだけの試験を突破した神薙とて人間。

波琉は滅多に我儘《わがまま》を言わないので蒼真もやりやすいようだが、他の龍神に仕える神薙には胃薬が欠かせないそうな。

龍神の勘気に触れると命を落としてもおかしくなく、神薙という役職は命懸けだと蒼真が真剣な顔をして脅してくるので、ミトは頬を引きつらせた。

そう聞くと、龍神は龍花の町の絶対的な存在なのだと感じさせられる。DVDを見るのをやめ、猫のようにミトに頬を擦りつける波琉からは想像ができないが、確かに波琉は人ならざる神なのだ。

「ねえ、ミト。やっぱり寝る部屋は一緒にしない？　その方がずっとそばにいられるし」

「無理無理無理無理」

波琉の屋敷で暮らすにあたりミトには波琉の隣室に私室を与えられたが、当然寝るのも別々だ。今のところは。

ミトが激しく拒否すると、波琉は不満そうに眉をひそめる。

「どうして？」

「だって波琉が隣で寝てると思っただけで寝られなくなっちゃうもん！」

日中でさえ波琉の近さに心臓の鼓動が激しいのに、寝る時までそばにいたら心臓が休まらない。

「ミトは僕の伴侶になるんでしょう？　夫婦は同じ部屋で暮らすものじゃないの？」

「世の夫婦皆がそうじゃないから」

「そうなの？　僕はその辺りのこと疎いから分からないんだけど」

「えっと、たぶん？」

聞き返されてミトも曖昧な返しになってしまう。

ミトの両親である昌宏《まさひろ》と志乃《しの》は同じ寝室を使っているが、よその家庭の生活状況までは知らない。けれど、家庭内別居なるものもあるのだとテレビで言っていたので間違いではないはず。

「ミトも知らないんじゃない」

「そうだけど、急には無理だよ。ドキドキしすぎて眠れなくなっちゃうから」

頬をほんのりと赤く染めながら恥じらうミトに、波琉は目を見張る。

「……うん。そうだね。やっぱり寝る時は別々にしよう」

「ん？」

どうして急に意見を変えたのかと不思議がるミトの頬を、スリスリと親指で撫《な》でる。

「ミトがかわいすぎて襲っちゃいそうだからね」

ほわほわとした人畜無害そうな笑顔で、言ってることは身の危険を感じるものだった。

「ミトも困るでしょう？」

困るなんてものではない。心臓がいくつあっても足りなくなってしまう。

言葉をなくしているミトを、波琉はかわいいと愛でるように、よしよしと頭を撫でる。

「夢も見なくなったし、ミトと一緒にいたかったけど仕方ないか」

その言葉にミトははっとする。龍花の町に来てからというもの、それまで見ていた波琉の夢をいっさい見なくなってしまったのだ。

「どうして夢を見なくなったの？　これまで欠かさず見てたのに」

別に夢で会えなくとも目を覚ませば波琉にいつでも会えるのだから必要ないと言えばそうなのだが、やはりちょっと残念であるし疑問が残る。

「うーん、推測でしかないんだけど、たぶん天帝のいたずらかな？」

「天帝？」

前にも幾度か聞いた、よく分からない単語まで飛び出したので、波琉の言葉だけでミトが理解するのは難しかった。

「そうだね、どこから話そうか……。まず龍神っていうのは天界という場所で暮らしててね、龍神には龍神をまとめる四人の王がいるんだよ」

「波琉はその王様のひとりなんでしょう？」

四人の王の話は蒼真から教えられたのでミトにも多少知識があった。といっても、ほとんど知らないのと一緒のわずかなことだけだ。

「そうだよ。紫紺の王である僕の他に白銀と漆黒と金赤がいるんだけど、金赤は僕と同じで花印を持った者を伴侶に迎えてるんだ」

「星奈の一族を追放した龍神様」

「うん」

ミトからすると、金赤の王は星奈の一族を追放した神というイメージが強い。ゆえに、少し怖い印象を抱いている。

しかし、それを否定するかのように波琉は金赤の王のことを話す。

「金赤は伴侶にベタ甘で、見てるこっちが恥ずかしくなるぐらい溺愛してたね。まあ、僕も今ならその気持ちも分かっちゃうから次に会うのがちょっと気まずいなぁ。ほら見ろと、からかわれちゃいそう」

「波琉の話を聞いてるとあまり怖そうに感じないね」

「龍神の中では僕と一緒で比較的温厚な部類だよ。だから、昔の星奈の一族はなにをしてそんなに金赤を怒らせたのかびっくりするぐらい」

なぜ星奈の一族が追放されたのかはミトも知りたい問題だ。しかし、龍花の町では禁句扱いになっている上、百年も前の話となると知っている者が見当たらないのだからしょうがない。

「話が逸れちゃったね。天界はそんな感じで四人の王によってまとめられてるんだけど、王の上には天帝という神様の頂点に立つ存在がいるんだ。龍神を生み出した親であり、眷属《けんぞく》として僕たちを治める存在がね」

「もっと偉い神様がいるんだ」

「天帝自ら作り出した眷属の龍神たちは天帝を崇め、手足となって働いているんだ。けれど生み出した龍神には欠陥があってね、感情といった心の面が弱かったんだ」

「弱い？」

ミトは理解できずに疑問符を浮かべる。

「そうだな……。たとえば誰かを愛おしいと感じたり、友と笑い合ったり、嬉しかったり悲しかったり、そういう人間には当たり前の感情がほとんどなかったんだ」

波琉は一拍おいてから苦笑する。

「少し前の僕がそうだった。心がないわけじゃないよ。けれど、感情が揺さぶられるような激しい気持ちを抱けなかった」

「できなかったって、過去形なの？」

「そうだね。過去形だ」

波琉はとても愛おしげにミトに微笑み、ミトの頬を撫でた。

「ミトが僕のすべてを変えてくれたんだよ。ミトのことを考えるだけで嬉しくなって、かと思えば心配で落ち着かなくなる。星奈の一族相手に怒りのあまり抑制がきかなくなったり、ミトが僕の見える世界を変えてくれたんだ」

「わ、私はなにもしてない」

「そうかもしれないけど、そうじゃない。ミトの存在が僕に大きな影響を与えてくれるんだ。そして、それこそが天帝の望んだものだったんだろうね」

ここまで言われてもミトにはまだピンとこない。

「無感情な龍神に心を与えてくれる存在。それが花印を持った人間の伴侶なんだよ。天帝の思惑通り僕はミトを得て激しい感情というものを手にしたけど、普通に出会っていたら僕はミトに興味を抱かないかもしれないと心配したのかもね」

波琉はおかしそうにクスクスと笑う。

「僕とミトの夢をつなぐことで対処した。そしてミトと出会って、もう夢を介して会う必要はないと思ったんだろう。すべては天帝の気まぐれ。いたずらみたいなものだよ」

「天帝は私に波琉を任せてくれたってことなのかな？」

「かもしれないね」

そうだったらいいな、とミトは思う。波琉の伴侶として自分は波琉の親とも言える天帝に認められたのだと胸を張れる気がした。

「天界には人間の伴侶がたくさんいるの？」

「いいや。始まりこそ龍神に感情を与えるためだったけど、天界に連れられてきた伴侶たちの影響か、今はもう僕のように感情の揺れが少ない者はごく少数だ。今の天界にいる龍神たちはなんとも個性的な面子ばかりだよ。特に僕の補佐をしている瑞貴って子がいるんだけどね、同じ龍神の奥さんを愛する愛妻家を自称しているよ」

「龍神同士で結婚するんだ」

「そもそも龍神には人間のように結婚という概念はないんだけど、生涯の伴侶として龍神を選ぶ者は多いよ。逆に人間を選ぶ方が少数かな。なにせ、いつ花印が浮かぶかも分からない上、人間とはやはり価値観が違うからね。花印が浮かんでも人間界に降りずに放置している龍神は少なくないんだ」

「花印を持っているからといって必ず龍神の伴侶に選ばれるわけではない。

「なら、波琉はどうして人間界に来たの？」

「う～ん、瑞貴にほぼ強制的に天界を追い出された感じだったけど、ちょっと期待してたのかもしれない。金赤のように僕だけの愛する人が欲しいって。おかげで僕はミトを手に入れられた」

波琉はにこりとミトに微笑んだ。

「腰の重い僕を追い立ててくれた瑞貴には感謝しないといけないね」

「私も瑞貴さんに会ってみたいな」

「いずれ会うことになるよ。ミトが人間の寿命を終えて天界に一緒に行く時になればね」

波琉は簡単に言ってくれるが、まだ十六歳のミトの寿命が終わるのは人間にしたら気が遠くなるほど先のこと。そこを波琉はあまり理解していないようだ。確かに人間と龍神とは大きな価値観の違いがあるらしい。

その後も波琉とのんびりと他愛のない話をしていると、部屋の扉の外から母である志乃の声が聞こえてきた。

「ミト～。入っていいかしら？」

「うん、どうぞ」

すっと襖《ふすま》を開けて入ってきた志乃は、仲良さそうにくっついているミトと波琉を見て微笑ましげに相好を崩す。

「仲良しさんね。お母さんも嬉しいわ」

しかし、その後ろから顔を見せた父親の昌宏はじとっとした眼差しをしていた。

「少しくっつきすぎじゃないか？」

「恋人同士なんだからあんなものでしょ」

「いや、しかしだな……」

なおも不満そうな昌宏の横腹に志乃は肘鉄を叩《たた》き込む。

「もういっそのこと、さっさと結婚式を挙げちゃえばいいのに」

「志乃！　なんて恐ろしいことを言うんだ」

昌宏は愕然《がくぜん》としたように叫ぶ。

ミトも結婚式と聞いて頬を染める。

「だって、ミトは伴侶としてここにいるんだし、もう何年もしたら結婚できる年齢になるじゃない。どんな式にするか今から考えておかないと。ねえ、波琉君？」

問われた波琉はきょとんとした顔をしている。

「結婚式ってなに？」

波琉から発せられた予想外の言葉に一同唖然《あぜん》とする。

「結婚を約束する人がこれから夫婦になりますって誓い合う儀式みたいなものよ。波琉君知らないの？」

志乃が分かりやすく説明するが、波琉はあまりピンときていない様子。

「うん。龍神にそんな儀式はないから。人間は結婚の届け出を出せばいいって聞いてたんだけど、違うの？」

「確かに正式に結婚を国に認められるためには書類を出さないといけないから間違ってないんだけど……。え、じゃあ龍神様はどうやって夫婦になるの？」

先ほど龍神同士で結婚すると聞いたミトが質問する。

「別に、ただ夫婦になろうって約束するだけだよ」

「それだけ？　他にはなにもしないの？」

「うん。別に本人たちが夫婦だって言ってるならそれでいいんじゃないの？　龍神は人間みたいにややこしい手続きなんてしないから」

言われてみれば、確かに結婚式などというものは人間が勝手に決めたものだ。神様が人間と同じ常識で生きているわけがない。

だが、口約束だけとは思わなかった。

「もしかして私たちも結婚式しないの？」

ミトが素朴な疑問を口にすると、昌宏がくわっと目を剥く。

「結婚式をしないなんて許さんぞ！　バージンロードはミトとふたりで一緒に歩くんだ！」

「結婚は恐ろしいことじゃなかったの？　いったいどっちなのよ」

志乃はあきれたように昌宏を見る。

「それはそれ、これはこれなんだよぉぉ」

結婚は許したくないがバージンロードは一緒に歩きたいという複雑な父親の心は、志乃に伝わらなかったようだ。

「ミトがそうしたいなら僕はかまわないよ」

にっこりと微笑む波琉に、ミトは「やりたい……」とはにかんだ。

「うおぉぉぉ」

なにやら激しく葛藤するように叫ぶ昌宏を放置し、ミトは志乃に問いかけた。

「それよりお母さん。なにか用事があって来たんじゃないの？」

「ああ、そうそう。そうだったわ」

志乃は思い出したように本題に入る。

「これから私たちはスーパーに行こうと思ってるんだけど、ミトも行く？」

「スーパー……」

ぱあっと表情を明るくしたミトは目を輝かせながら即答した。

「行く！」

逆に、行かないという選択肢はない。

「ふふふ。そう言うと思ったわ」

期待通りの答えに笑みを浮かべる志乃は、隣にいる波琉にも視線を向ける。

「波琉君も一緒に行く？」

「……ミトが行くなら行こうかな」

少し考えた末に出した波琉の答えに対し、ミトには聞こえないほどの大きさで「来なくてもいいのに」とふて腐れたようにつぶやいた昌宏に、志乃が再び肘鉄を食らわせる。

「ぐはっ……」

痛みに悶《もだ》える昌宏を無視して「私たちは玄関で待ってるから、準備していらっしゃいね」と告げ、志乃は昌宏を連れて部屋を出ていった。

ミトは胸のドキドキが止まらない。

「わーわー、波琉どうしよう。スーパーだって。私、初めて行く。なに着ていけばいいんだろ」

ずっと小さな村の中から一歩たりとも出た経験のないミトだ。当然、村にはなかったスーパーなんて場所に足を踏み入れたことはない。

テレビで流れていただけの情報しかなく、テレビの中はミトにはいつも輝いて見えていた。そんな場所に行けるとあって、ミトは高揚感を抑えきれない。

すかさずミトは自室に行くと、部屋にある衣装箪笥《だんす》を開いた。

そこにはこれまでミトが使っていたものだけでなく、波琉が用意させた、村で暮らしていたミトには少々お洒落《しゃれ》すぎる洋服も混じっている。

こんなお洒落な服をいつ着るのかと思っていたが、今こそがその時だとミトは中でも一番かわいらしいワンピースを手に取った。

気分はどこぞの高級レストランでフルコースでも食べに行くような気分だ。

素早く着替えて波琉に見せに行く。

「どう？　おかしなところない？」

「ミトはなにを着てもかわいいよ」

にっこりと微笑む波琉の言葉は参考になるようでなっていない。

「波琉はその格好で行くの？」

波琉はいつも屋敷内でいる時と変わらぬ和服姿で、外出とあってか、そこに一枚薄い羽織を羽織っている。

もちろん波琉にはとっても似合っている。むしろ和服だからこそ波琉の神々しさが増しているように思えるが、それでスーパーに行っては目立つのではないだろうか。

そう思っていると、部屋に蒼真がやってきた。

「紫紺様、お出かけとお聞きしましたが本当でしょうか？」

「そうだよ」

「まじで言ってます？」

「うん。なにか問題？」

蒼真はなんとも言えない複雑な表情でため息をついた。

「この十六年、我々がどこに誘おうと興味を示さずに屋敷内に引き籠もっていた方が突然スーパーに行くと聞かされれば誰もが俺と同じ反応をしますよ」

「だって、ミトが行くからさ」

すると、蒼真の視線がミトに向かう。

「お前どこに行く気だ」

「どこってスーパーです」

「その格好でか？」

「変ですか？」

蒼真は静かに頷《うなず》いた。

「えー」

「ちょっとスーパーに買い物に行くだけだろう。高級料亭に行くわけじゃないんだから普通の服にしとけ」

「だって、初めてのスーパーなんですよ！　ちゃんとおめかしして行かないと」

「スーパーはおめかしして行くとこじゃねぇよ。にしても、初めてってまじか。まあ、あの村にいたならそうだよなぁ」

蒼真は舌打ちして波琉に視線を向ける。

「あいつら少ししめといた方がよかったですかね？」

「気持ちは分かるけど、やりすぎると尚之《なおゆき》がうるさいからねぇ」

尚之とは蒼真の祖父である。ミトも正式にこの屋敷で暮らすと決まった時に顔を合わせたが、気のいいおじいちゃんのようだった。

難点があるとするなら、神薙という職への忠誠心が強すぎることだろうか。それによって蒼真と言い合いになっているのをよく目にする。ハリセンを振り回すので、喧《けん》嘩《か》が始まると当たらないように距離を取っておかなければならない。

「紫紺様ならじじいに気づかれずにできるでしょう？」

「まあ、それはまたの機会にね」

くっくっくっとあくどい笑みを浮かべる蒼真と、ほわほわとした笑みを浮かべる波琉の対比が激しい。浮かべている笑みから受ける印象は真逆なのに、どちらも背筋が寒くなるのはなぜだろうか。

これ以上この話を続けさせるのはまずいと、ミトの勘が告げている。

「は、波琉、そんなことより早くスーパー行こうよ」

「うん、そうだね」

にっこりと笑みを向けてくる顔からは、先ほどまでの言い知れぬ怖ろしさは感じなかった。

「ということで、僕もスーパーに行くから。いいよね？」

「お心のままに」

蒼真はその場で座礼した後、玄関に向かうミトと波琉の後ろから付き従った。

「蒼真さんも一緒に行くんですか？」

「龍神様が出かけるのに、神薙が屋敷でのんびりしていられるわけないだろ」

「そういうものですか」

「お前にもそのうち分かる」

蒼真は波琉には礼儀正しいが、ミトには気安い態度でいる。

本当ならば、波琉が伴侶として認めた時点で、ミトもまた神薙である蒼真が仕える存在となった。

話し方にも気をつけるべきなのだが、言葉遣いの荒い蒼真を最初に知ってしまっているからか、蒼真に『ミト様』と呼ばれた時、全身を鳥肌が襲ったのである。

丁寧に呼ばれるのは、あまりにも蒼真に似合わなさすぎて、普段通りにしてほしいとミトが懇願したのだ。

波琉も言葉の使い方ぐらいでぎゃあぎゃあ騒ぐ性格ではなかったため、蒼真はミトとミト家族には普段通りの態度でいるようになった。

ちなみに蒼真の祖父である尚之は、波琉同様、丁寧にミト家族へ接してくれている。臨機応変な蒼真とは違い、紫紺様の伴侶に無礼な態度ではいられないと頑なに首を縦には振らなかった。

それ以上のお願いは逆に我儘になってしまうと、尚之も蒼真も好きなようにしてくれということで落ち着いたのだ。

玄関へ行くと、黒スーツにサングラスという裏社会で生きていそうな強面な男性三人に志乃と昌宏がぺこぺこと頭を下げていた。

それを見たミトは両親になにがあったのかと顔色を悪くする。

「お父さん！　お母さん！」

「あら、ミト。やっと来たのね」

ミトの心配をよそに、志乃はけろりとした表情でいつもと同じ笑みを浮かべている。

これに面食らったのはミトである。

「えっと……、その人たちは？」

見るからに怪しげな男性たちにチラチラと視線を向けるミトに、志乃は朗らかに笑う。

「この方たちがね、スーパーまで車で送ってくれるんですって。さらに荷物持ちまでしてくれるっておっしゃるからお礼を言っていたのよ」

「あ、そう……なんだ……」

どうやら早とちりだったらしい。

てっきり強面の男性たちにカツアゲにでも遭っているのかと思ったが、よくよく考えればここは紫紺の王が住む屋敷。そんな神のおわす場所で、神の伴侶の身内に危害を加えるはずがないのだ。

「こいつらは護衛兼荷物持ちだ。紫紺様が出かけるのに誰もつけないわけにはいかないだろ。それにお前たち家族も龍花の町に慣れてないしな」

そう言った蒼真は、強面の男性のひとりに問いかける。

「頼んでたものはできたか？」

「はい。こちらです」

蒼真は男性からカードのようなものを受け取った。そして、それをそのままミトと昌宏と志乃に配る。

不思議に思いながら確認すると、カードには身分証と書かれていた。いつの間に撮ったのか、それぞれに顔写真が載っている。

「それは龍花の町で暮らすにあたって絶対必要になってくる身分証だ。なくすなよ」

「はーい」

ミトは身分証から目を離さず素直に返事をしたが、両親のカードとの違いに気づく。

「蒼真さん。私のと両親のとでカードの色が違うんですけど、意味があるんですか？」

ミトのカードは金色で、両親のカードは黒色だった。

「ああ。金色は花印を持ってる奴、黒色は花印を持ってる奴の身内。ちなみに神薙は青色だ。色でどういう立場の人間か見分けられるようになってる」

分かりやすく違いを説明するために、蒼真は自分の身分証も見せてくれた。

「波琉は？」

「龍神様に身分証なんかいるわけないだろ。存在自体が身分証みたいなもんだ」

「それもそっか」

銀色の髪と紫紺の瞳、見とれるほど美しい容姿は、どこからどう見ても人間には見えない。

蒼真は、ミトの顔写真の横にある赤い花のマークを指さす。

「花のマークが龍神の伴侶と認められた者につけられるものだ。まだ龍神が迎えに来ていなかったり、拒否された花印の奴にはそのマークはつかない」

「へぇ」

「龍花の町は特殊だ。龍神のために作られた、龍神をもてなすための町。だからこそ、龍神の伴侶に選ばれたかどうかは、この町でのお前の扱いに大きな影響を及ぼすことになる」

蒼真があまりにも真剣な顔で説明するものだから、ミトの顔も強張る。

「なにか問題でもあるんですか？」

「よくも悪くも、この町は龍神を中心に回ってるってことだ。暮らしていたら自然と身に染みてくる。まあ、紫紺様に選ばれて、これまでの境遇より悪い状況にはならんはずだから、そこは安心しといて大丈夫だろう」

蒼真は安心させるようにポンポンとミトの頭を軽く叩く。

村での扱い以上に悪くならないなら問題はない。

「じゃあ、車に乗っていくぞ」

八人乗りのミニバンの助手席には蒼真が乗り、運転席には強面の男性がひとり座る。

ミトたちは後部座席に乗り込んだ。

ミトたちが乗った車の後ろからは、別の車で強面の残りの男性が乗ってついてきている。

向かうのは、龍花の町の中心部よりやや西寄りの商業施設が集まる地区だ。

スーパーだけでなく、飲食店をはじめ、服や雑貨が売っている店に、薬局やホームセンターなど、買い物をする店が多くある。主に町の西側に人々が住む居住区があるため、そういう立地になっているようだ。

龍花の町の人口はおよそ二万人弱。それが多いのか少ないのか分からないが、小さな村しか知らないミトには十分に大都会だった。

「おお～、人があんなにたくさん歩いてる！」

「これで騒いでたら疲れるぞ。午後になるともっと人が増えるんだから」

大興奮のミトをバックミラーで確認しながら窘《たしな》める蒼真の言葉に、自然と声が大きくなる。

「午後になれば学校を終えたガキどもが、寄り道したり遊ぶために集まってくるからな」

「もっと!?」

「ふわぁ、すごい……」

ミトは別の世界に来たかのように驚きと同時に感心する。

「スーパーまでもう少しだから大人しくしてろ」

「はーい」

座席に深く座り直し隣に視線を向けると、波琉が微笑ましげに見ていたので、ミトは少し恥ずかしくなった。子供のようにはしゃぎすぎたかもしれない。

話を変えるように志乃に声をかける。

「お母さん、もう家の方は大丈夫なの？」

「ええ、もうすっかり綺麗になって、電気、ガス、水道も通してもらったわ。そして念願のネットもつながったわよ」

ミトにとってなんとも嬉しい報告だ。

これまで村長によりミトはネットといったものを使えなかった。情報はもっぱらテレビや雑誌から。

ネットを自由に使えると思うだけで心が浮き足立つ。しかし……。

「まだ三日しか経ってないのに、もう生活できるようになったんだね」

「ほんとすごいわよねぇ。お母さんもびっくりよ。いろんな方々が尽力してくださったおかげね」

「ずっと暮らしてきた家を置いていくのは寂しいって志乃が言ったら、丸ごと持ってくるんだから、龍神ってのはすごいよな」

昌宏はしみじみとしたように言葉を発する。

現在両親が暮らしているのは屋敷の建物ではなく、ミトがずっと暮らしてきた村にあったはずの家である。

家ごと持ってくるとはさすがの蒼真も思わなかったのか、庭にドーンと現れた一軒家に頬を引きつらせていたものだ。

しかし、それからの行動は早かった。庭に持ってきた実家に電気、水道などをつなげるために業者を手配し、たったの三日という短期間で人が住むのに不便のないように整えたのだ。

蒼真がすごいのか、龍花の町の職人がすごいのかはミトには判断がつかないが、両親がすぐそばで不自由なく暮らせるならこれ以上の喜びはない。

さらに波琉は、村長の家で飼っていた黒猫のクロと白い犬のシロまで連れてきた。

本人たちの強い希望で一緒についてきたらしい。

動物の言葉が分かるミトは二匹に話を聞いたが、元飼い主である村長たちへの未練などいっさいなく、クロは屋敷の縁側で昼寝をし、シロは迷子になりそうな広い庭を我が物顔で走り回っている。未練どころか解放感すら感じられた。

おそらく二匹の頭の中では、元飼い主たちの存在など隅に追いやられているに違いない。

ミトとしては、二匹がそれで幸せだというなら問題ないので、村長たちのところへ帰れと言うつもりもなかった。

知らぬ土地で仲のよい友人たちがいるのは、むしろ大歓迎だ。

そうこうしていると、車はスーパーの駐車場に停まった。

両親に続いてミトと波琉が降りると、他の買い物客の視線が波琉に集まるのが分かる。

ヒソヒソとなにかを話しているようだが、ミトのところまで声は届かない。

村で嫌な視線にさらされ続けたからだろうか。向けられる視線はこれまでミトが向けられていたような嫌悪感を含んだものではないとすぐに気づく。

どちらかというと畏怖と言った方が正しいかもしれない。

波琉が龍神だとすぐに分かったのだろうか。ただ単に波琉の容姿にざわついたとも考えられる。

「ミト行くよ」

そう言って波琉は手を引いてくれる。

すると「花印……」と、周囲からそんな言葉が聞こえてきた。

波琉に握られている左手には、椿の赤い印が浮かんでいる。もちろん、波琉の左手にも同じ印がある。

きっとミトが波琉の伴侶であることは周囲に伝わったはずだ。

スーパーの入り口にはそれなりの人数の買い物客が集まっていたが、波琉に先を譲るように道ができるのをミトと両親は困惑した表情で見ていた。

しかし、蒼真や強面の男性たちは当然といった顔で堂々と客たちのど真ん中を歩いていく。そして男性たちはきょろきょろ周囲を見渡した後、蒼真に向かって頷き、それに蒼真も応える。

「紫紺様、問題なさそうです」

「じゃあ、買い物しようか。……けど、どうするの？　これはなに？」

店内の手前にあるカートとカゴを見て首をかしげる波琉に、ミトがカートを手にする。

「このカートにこっちのカゴを乗せて押していくのよ。それで、カゴに欲しい物を入れていくの」

得意げに説明するミトに、志乃が慌てて別のカートを持ってくる。

「ミト、そっちは小さな子供が乗れるようになっているお子さん連れの方用で、私たちが使うのはこっちの普通のカートよ」

「えっ、そうなの？」

すると、隣で笑いを押し殺したような声が聞こえ、見ると波琉が笑うのを必死に我慢していた。蒼真も顔を逸らして肩を震わせている。

「スーパーは初めてなのに知ったかぶって無理するから」

「だ、だって……」

蒼真の指摘にミトは恥ずかしさが込み上げてきて、顔を真っ赤にした。

「波琉も蒼真さんも笑いすぎ！」

「ごめんね、ミトがあんまりにもかわいいから」

波琉がそう言って優しく抱きしめてくるものだから、別の意味でミトはますます顔を赤くする。

「はいはい。イチャつくのは後にしてさっさと買い物をしましょう。ここでじっとしていたら他の客の邪魔になりますから」

パンパンと手を鳴らす蒼真に促されて、まだ一歩も店内に入っていないことを思い出す。

「ほら、ミト。行くわよ」

「あっ、待ってお母さん！　私がカート押したい」

志乃から奪い取るようにカートを手に持ち、その後を波琉がニコニコとした表情でついてくる。

「うわぁ、食べ物がいっぱいある」

スーパーなのだから当然なのだが、ミトはそんな当たり前の光景すら見た経験がなかった。しかし意外にも、ミトの両親も驚いていた。

「あらあら、こんなに品ぞろえが豊富だなんて、やっぱり田舎の小さなスーパーとはわけが違うわね」

「確かにな。見たことない食材や商品がたくさんあるぞ」

ミトに負けず劣らず目を輝かせている両親は、目についたものを次から次へとカゴへ入れていく。

「これは志乃の手料理が楽しみだな」

「任せてちょうだい」

両親の会話を、ミトは羨ましそうに見ていた。

屋敷での食事は、来てからずっと屋敷で働く使用人が準備してくれていた。しかし、これからもご厄介になるわけにはいかない。

それで、家がちゃんと手入れされたのを機に、両親は自分たちで用意すると進言したのだ。

その中には当然自分も含まれていると思っていたが、ミトは屋敷の者が用意した食事を屋敷で食べなければならないという。ミトだけ仲間はずれにされたのだ。

あまりミトを離れたところに行かせたくないという波琉の願いが反映された結果だった。

離れるもなにも、両親の住む家は窓を開ければ見える場所にあるというのに。

龍花の町という特殊な場所だからだろうか。屋敷での決定権はすべて波琉にあり、ミトでも覆せなかった。

ならば波琉も一緒に食事を取ればいいのだが、波琉はあまり食に興味がないらしい。

龍神は人間のように食べなくても問題はなく、あくまで嗜好品《しこうひん》という扱い。龍神にもいろいろな者がおり、食に大変興味がある者もいれば、波琉のように興味のない者もいるという。

だったらなおさら家族と一緒に食事を取りたかった。神薙はあくまで使用人のような扱いなので主人と一緒に食事をしたりはしない。屋敷で食事をするとなれば、ミトひとりで食事をすることになる。

そんな寂しい食事の時間を過ごしたくはなかった。

ミトは波琉の袖をちょんちょんと引っ張る。

「ミト、どうしたの？」

「やっぱり食事はお父さんとお母さんと一緒がいい」

これまでもずっとそうしてきたのだから……。

途端に困ったように眉を下げる波琉になんだか悪いことをしている気持ちになったが、ここであっさり引くと後で後悔すると、ミトも負けじと見つめる。

「うーん……」

「波琉も一緒に来ればいいじゃない。だって目と鼻の先に家があるんだし」

「僕は食事を取らないから」

「取ったらいいじゃない。美味《おい》しいよ？」

答えに迷っている波琉の様子からは、食事をする気がないということが伝わってくる。

そこへ一石を投じたのは志乃だった。

「波琉君はあんまり食事が好きじゃないのね」

「好きじゃないというか、興味がないかな。龍神である僕がわざわざ食事をする必要性も感じないし」

「でも、ミトの作った食事なら食べてみたくはない？　うちの人も、私が作る愛妻弁当はどこの料理にも負けないぐらい美味しいって言ってくれるのよ」

「愛妻弁当？」

波琉には聞き慣れなかったその言葉。

「愛する妻が愛する旦那様のために作る愛情たっぷりの料理よ」

「愛する旦那様に……」

なにやら志乃が口にしたワードが波琉のなにかを大きく動かしたようだ。波琉はミトの顔を見てにっこりと微笑んだ。

「ミト、僕に作ってくれる？」

「いいけど、屋敷だと屋敷の人が調理してくれるから、お母さんたちの家で一緒に食べる時でないと」

「じゃあ、分かった。屋敷じゃなくて両親の家でごはんを食べていいよ。けど、僕も連れていってね」

「も、もちろん！」

いかにして波琉を説得しようかと悩んでいた問題があっさりと解決した。

ぴょんと飛びつくように波琉の腕に抱きつけば、その後ろで志乃がぐっと親指を立てていた。ミト以上に波琉の扱いを心得ているかもしれない。

ミトも同じく親指を立てて感謝を伝えた。

そして、今日の夕食にとたくさんの商品をカゴに入れていき、満杯になったところでお菓子コーナーがミトの目に入った。引き寄せられるように近付けば、見たこともないたくさんの種類のお菓子が並んでいる。

「はう！」

ここは天国か？と錯覚するほど、ミトの心臓は打ち抜かれた。

スーパーに初めて来たミトは、当然だが知っているお菓子の種類もたかがしれている。たまに志乃が買ってくるポテトチップスやチョコレートなどというお菓子をもらうだけで、自分で選んだためしもない。

テレビのCMで見て食べたいと志乃に要望を出したこともあるが、村近くのスーパーでは新商品が置いてあるほど品ぞろえが豊富ではなかった。

けれど、ここはよりどりみどり。ポテトチップスひとつにしても、カゴに入りきらない種類と味があると初めて知った。

ひとつ、またひとつと小さな子供のように目をキラキラさせて商品を手にしていくと、あっという間に両手で抱え込んでもこぼれ落ちそうなほどの量になってしまった。

「お母さん、これも買って！」

「あらあら。たくさん持ってきたわねぇ」

志乃は困ったような顔をしつつも、大量の商品を戻してこいとは言わなかった。

ミトの初めての買い物である。それぐらいは許してあげようという優しさなのだろう。

バサバサとカゴに入れたら山盛りになってしまったが、ミトは大満足だった。

あとは会計をして帰るだけだとレジに並んでいたところで大問題が発覚する。

「お母さん、お金足りる？」

「全然考えてなかったわ」

志乃は財布の中身を確認してから昌宏に視線を向ける。

「あなた、余分に持ってきてる？」

「えっ、俺もそんなに持ってきてないぞ。志乃が用意してると思ってたし」

「こんなに買う予定じゃなかったんですもの」

志乃は困ったように眉を下げる。

「お金が足りなかったら、ミトのお菓子を返さないと駄目ね」

「えぇっ！」

ガーンとひどくショックを受けた顔をするミト。

しかし、お金がないものは仕方がない。

両親は共働きだったとはいえ、村での細々とした仕事では大きな稼ぎは得られなかった。さらには、同じ仕事量をしていても自分たちだけ給料を減らされたりといった嫌がらせも受けていたのである。

　そんな理由も重なって、ミト一家は贅沢《ぜいたく》できるほどの蓄えがない。

「蒼真さん、私も十六歳だし、この町でならバイトできるでしょうか？」

　これまではバイトなんて考えることすら許されなかった環境だが、一族から解放された今なら両親のために自分も働き手のひとりとなれるのではないかと思案する。

　金がないなら稼げばいい。かなり切実な問題だった。

　すると、蒼真から「アホか！」という鋭いツッコミが返ってきた。

「紫紺様の伴侶を雇ってくれるとこがあるわけねぇだろ」

「どうしてですか？」

「扱いを間違えたら神の怒りを買うかもしれない爆弾を誰が好んで持ちたがる？」

　爆弾とは言い得て妙だ。

　波琉を見ていれば分かるが、ミトをとても大事にしている。そんなミトに労働のためとはいえ注意しようものなら、逆に波琉が威圧しにやってきかねない。勤め先からしたらとんでもなく扱いづらい従業員となるだろう。

　龍神のために存在するこの町で龍神ににらまれたら生活などできなくなってしまう。

　ミトは危険物と同じ慎重な扱いが必要になってくるのだ。

「えー、じゃあどうやってお金を稼げばいいんですか？」

「お前は稼ぐ必要はない。ちょっと来い」

ミトを引っ張ってレジの会計の前に立たせる。

すでに商品はレジに通されており、合計金額がうなぎ登りで上がっていく。両親の顔色が優れないのを見るに、お金が足りないのだろう。

お菓子はあきらめねばならないかとがっくりするミトに、蒼真が促す。

「さっき渡した身分証は持ってるか？」

「はい」

ポケットに入れていた金色のカードを取り出す。

「それを店員に渡せ」

合計金額が出たレジは、とても三人家族の食糧とは思えない値段を表示している。

そんな中で身分証がなんの役に立つのかと疑問に思いながら店員にミトの身分証を渡すと、そのカードがレジに通された。

すると、モニターに出ていた金額が0になったのである。

「へっ？」

素っ頓狂な声をあげるミトには状況が理解できていない。

すると、追い立てられるようにして蒼真に背を押される。

「ほら、後がつっかえてるから荷物を台に移動させろ」

護衛としてついてきた強面の男性たちが、三つ分にもなるカゴを台に移動させてエコバッグに荷物を詰めていく。

それを手伝うのも忘れて、ミトと両親は蒼真に説明を求めた。

「蒼真さん、どういうこと？」

「これが花印を持った奴に与えられる特権のひとつだ」

ミトは首をかしげる。

「花印がある奴が持つ金色のカードを出せば、スーパーはもちろん、ほとんどの店を無料で利用できる」

ぎょっとするのはミトだけではなく両親もである。

「それってつまり、どれだけ買ってもお金を払わなくていいの？」

「そうだ。けど、これは花印を持ってる奴だけだぞ。身内が持つ黒い身分証は五割引きだから半分は支払わないと駄目だ」

「いや、それでも半額なの!?」

驚くべき待遇だ。

「何度も言うが、それだけ龍花の町は龍神方を重要視してるってことだ。花印を持ってる奴と関係者は、その恩恵のおこぼれに預かってるだけだ」

「おこぼれってレベルじゃないと思うんだけど……」

途端に自分の持っている金色のカードが恐ろしくなった。たとえるなら、まるで大金を現金で持っているかのような怖さである。

「だから絶対になくすなよ」

ミトと両親は勢いよく首を縦に振る。

そうこうしている間に、強面の男性たちにより荷物が詰め終わっていた。

スーツにサングラスの男たちが両手に食材の入ったエコバッグを持っている姿はなんとも違和感がある。

ミトも持とうとしたが頑なに拒否され、そのまま屋敷へと戻ってきた。

さすがに家の冷蔵庫に詰めるのはミトと志乃が行ったが、この一日の買い物で冷蔵庫と冷凍庫の中はぎゅうぎゅう詰めになってしまった。

「これはしばらく買い物に行かなくてもよさそうね」

「えー、明日も行きたい」

不満顔のミトは、スーパーでの買い物がかなり楽しかったのだろう。

しかし、冷蔵庫はすでに悲鳴をあげているのでしばらくはお預けだ。

その夜、何日かぶりに我が家で食事を取った。

ミトの隣には波琉の姿があり、食への興味がないと言っていたのが嘘《うそ》のように興味津々におかずを箸で突いていた。

「ミト、これなに？　腐ってるの？」

「納豆だよ。発酵食品だから体にいいの」

意を決したように食べた波琉にミトは楽しそうに問う。

「美味しい？」

「うーん、微妙……」

波琉は天界でも食事をすることなどほとんどなく、人間界の食事情も知らないようで、ミトにとっては当たり前の食べ物にも初めての反応を見せてくれ、ミトはそれが楽しくて仕方がない。

「波琉、梅干し食べる？」

「美味しいの？」

「うん、すごく美味しいよ」

梅干しを丸々一個口に放り込んだ波琉は、直後に顔を手で覆って体を震わせた。

必死に耐える波琉がおかしくて、ミトは大笑い。

「あははは っ」

その日の食卓はなんとも賑《にぎ》やかで幸せな空気に満ちていた。

二章

波琉と食事をするようになってから、笑顔が絶えない。

村ではない安全な地であることはもちろん、最初はいたずら目的で梅干しを食べさせたのだがどうやら波琉の好みに合ったようで、毎食必ず梅干しが食卓にあがるようになったのはなんとも微笑ましい。

あれだけ食に興味はないと言っていたのに、ミトの作った目玉焼きに醤油《しょうゆ》かソース、はたまた塩かケチャップをかけるかで悩んでいる姿を見ていると、興味がないようにはまったく思えなかった。

出される料理すべてを物珍しそうに見る波琉にいろんなものを食べさせてみたくなったミトは、志乃と相談しながら料理本をチェックする毎日だ。

「いっそ、くさやでも食べさせてみる？」

「さすがにそれはかわいそうよ。家の中も臭くなるし。そもそもミトだって食べたことないでしょう？」

かわいそうと言いつつ、志乃の顔は笑っている。

「だって、なんでも珍しそうにしてる波琉を見てると、変わったもの食べさせてみたくなるんだもん」

「その気持ちはすごく分かるけど、くさやは上級者の食べ物よ。波琉君には早いわ」

「ちぇ」

ミトは少し残念そうにした。

そんな楽しみが尽きないある日、蒼真がミトの部屋にやってきた。相も変わらず波琉は後ろからミトを抱きしめている。

蒼真はミトの前にかわいらしい赤いチェックのスカートと紺色のブレザーの服を置いた。

「なんですか、これ？」

「お前の念願の制服だよ」

「制服!?　ということは……」

ミトの目が期待に満ちる。

「学校に通うための準備が整った。いつでも行けるぞ」

「やったー」

これまで学校に通ったことのなかったミトの念願。すぐにでも通いたいと思っていたが、いろいろと準備が必要だと焦らされ続けていた。

「波琉、学校に行けるって」

花が咲いたように顔をほころばせるミトの頭を波琉がよしよしと撫でるも、ミトとは違って複雑そうな顔をしているのに気がつく。

「波琉？　嬉しくないの？」

波琉ならば一緒に喜んでくれると思っていたので、その表情は予想外だった。

「うーん、ミトが嬉しいなら僕も喜びたいんだけど……。学校に行ってしまったら一緒にいられないでしょう？」

「そうだね。さすがに波琉も学校に通うわけにはいかないし」

蒼真をうかがうように視線を向ければ、なにを馬鹿なことを言ってるんだと叱りだしそうな顔で頷いている。

「うん。無理みたい」

波琉は少し不機嫌そうに眉をひそめ、ミトを離さないように強く抱きしめた。

「ミトと離れるのはやだなぁ」

「でも、学校には行きたい」

「どうしても？」

波琉の寂しそうな顔に心が揺れたが、これぱかりはミトも譲れない。

「……ごめんね？」

波琉は深くため息をついて、ミトを抱く力を緩めた。

「仕方ないか。ミトはずっと行きたいって言ってたもんね。でもなぁ……」

波琉も葛藤があるようだ。

離れがたいと思ってくれるのは嬉しい。ミトとて同じ気持ちなのだから。

けれど、学校には絶対に行きたい。行かないという選択肢はないのだ。

波琉には快く送り出してほしいのだが、不満げな彼には少し難しいだろうか。

そう思っていると、蒼真が波琉に一冊の本を差し出した。

「なに？」

「紫紺様には必要なものかと思い用意しておきました」

波琉が手にした本をミトも覗《のぞ》き込む。

そこには【龍花の町完全ガイドブック〜学生の伴侶様と放課後制服デートを楽しむお店三十撰《せん》（龍神様用）】と書かれていた。

途端に波琉が目を光らせた。

できる男、日下部蒼真・三十一歳は、一瞬で波琉の心をわし掴《づか》みにしたのである。

「紫紺様は、ミトが学校に行っている間にこちらで下調べをされるとよろしいかと。放課後に制服デートができるのは高校を卒業するまでの限られた期間のみ。学校に行っているからこそ楽しめる今だけのイベントです」

「今だけ？」

「そう、今だけ！　ましてやミトはすでに高校一年。残された時間は限りなく少なく、いかに効率よく楽しむかは紫紺様次第です！」

波琉は蒼真のプレゼンに衝撃を受けているが、そんな大層なものではない。

ただ、学校終わりにデートするというだけの話だ。しかも高校一年ということは、まだ数年残っている。

しかし、人間であるミトにとっては数年〝もある〟なのだが、時間の感覚が異なる龍神にとっては数年〝しかない〟なのだ。

この違いはとても大きい。

蒼真のおかげで、行かせたくないと言っていた波琉の気持ちが変わってくれたようだ。

「それなら仕方ないよね。貴重な時間を有意義に使うとしよう。僕は下調べしておくから、ミトは頑張って学校に行っておいでね？」

「放課後デートしてくれるの？」

「制服のミトと出かけられるのは今だけみたいだし、いろんなところに出かけようね」

にっこりと微笑む波琉は、愛でるようにミトの頭を撫でる。

波琉が喜んでくれてなによりだが、放課後デートなんていうものは波琉以上にミトが嬉しい。

「波琉と放課後デート……」

口にしてみて実感が出てくると、ミトの頬は自然と緩む。

普通ではなかった自分が普通の子たちのように恋人とデートをするなんて、少し前までは想像すらできなかった。

異端であった自分が、異端ではなくなる。ごくごく普通の幸せがここにはある。それこそがなによりの幸福だと、ミトは今あるすべてのものに感謝したくて仕方がなかった。

もちろん一番の感謝は波琉に伝えたい。

「ありがとう、波琉！　大好き！」

飛びつくように抱きつけば、波琉は難なく受け止め、愛おしげにミトの髪を手で梳《す》く。

「僕も大好きだよ」

「はいはい、イチャつくのは俺のいない時にしてください」

あきれたような顔をする蒼真は、制服をミトに渡す。

「念のためサイズに間違いがないか確認したいから着てこい」

「はーい」

ニコニコと上機嫌で返事をして隣の部屋へ移動し制服を着る。仕上げに、スカートと同じ生地のリボンを首元につけた。

「わぁ、かわいい」

姿見の前でクルクルと回りながら確認しては、生まれて初めて着る制服に胸をときめかせる。

「〜〜っ！」

込み上げてくるのは歓喜。

ようやくだ。ようやく学校に通うことができるのだと、ミトは次から次へと湧いてくるさまざまな感情を抑え込むので必死だ。

本当は大きな声で叫んでしまいたいが、そんなことをしたら隣の部屋にいる波琉と蒼真を驚かせてしまう。

声に出すのを耐えながら波琉の部屋に戻る。

蒼真は立ったミトの袖やスカートの丈を確認して納得の表情を浮かべる。

「問題なさそうだな。窮屈さはないか？」

「はい。ぴったりです」

「ならいい。学校へはいつから行く？　手続きは済んでるから、明日からでもいいぞ」

「じゃあ、明日からで！」

ミトは迷わずそう言った。

「分かった。教科書や鞄《かばん》は後で部屋に届ける。学校には明日から通うように伝えておくから、明日は八時に屋敷を出るぞ。遅れないように準備しとけ」

「分かりました」

蒼真は部屋を出ていき、ミトは波琉の前に立つ。

「どう？　似合う？」

「かわいいよ。けど……」

むうっと口を引き結ぶ波琉に、ミトは首をかしげる。

「けど、なに？」

「こんなかわいいミトを外に出したくないなぁ。やっぱり学校には行かずに屋敷で僕といた方がよくない？」

「波琉ってば～」

この期に及んでまだ言うか。さすがのミトもあきれた顔をする。

「外には悪い狼《おおかみ》がたくさんいるんだよ？」

「狼ならちゃんと話せば分かってくれるよ。私は動物と話せるんだから」

「その狼じゃないんだけどなぁ」

波琉はやれやれというようにため息をついた。

理解できていないミトは首をかしげるだけ。最終的には波琉が折れるのだった。

そして、登校初日。

緊張で心臓が張り裂けそうになっているミトを、波琉と両親が見送ってくれる。

「気をつけてね、ミト」

「第一印象は挨拶が大事だぞ」

「うん。ありがと、お母さん、お父さん。たぶん大丈夫。今にも口から心臓飛び出しそうだけど……」

「それ全然大丈夫じゃないだろ」

ミト以上にオロオロとする昌宏を押しのけて、志乃がミトの背をさすってくれる。

「深呼吸よ、ミト」

言われるままに深呼吸をしてみたが、効果はあんまり出ていない。

「あー！」

突然大きな声をあげた昌宏にびくりとするミトと志乃。

「どうしたの、あなた？」

「カメラを忘れた！　記念すべき初登校を写真に収めないと。すぐ取ってくるから待っててくれ！」

バタバタと慌ただしく走ってどこかへ行ってしまった昌宏に、志乃はやれやれとこめかみを押さえる。

「まったく……」

気を取り直して、志乃はミトの両肩に手を置いてポンポンと軽く叩いた。

「制服がよく似合ってるわ。忘れ物はない？」

「うん、大丈夫」

「この町の学校は普通の学校とは少し違っているらしいから、困ったことがあったらすぐに周りに相談するのよ？」

「うん。今日は蒼真さんが一緒に行ってくれるらしいからたぶん大丈夫」

その言葉からは蒼真への信頼度が透けて見える。蒼真に信頼を寄せているのは志乃も同じようで、「蒼真さんが一緒なら大丈夫ね」と安心した顔に変わった。

続いてミトは波琉を見つめる。どことなく寂しそうにしているのはミトの気のせいではないだろう。

そんな顔をされたら行きづらくなるではないか。

「学校が終わったらすぐに帰ってくるからね」

「本当は行かせたくないけど、ミトのやる気を削ぎたくはないからね。でも早く帰ってきてね」

駄々っ子のように抱きしめて、ミトの存在を確かめるようにグリグリと頬ずりをする。

両親以外からの愛情に戸惑うものの、これほどに愛情を表現されるのはなんだかくすぐったい。

こんな波琉を置いていって本当に大丈夫なのだろうか。

志乃に目を向ければ苦笑していた。

「波琉君は私たちに任せてちょうだい。私たちがいるし大丈夫……と言いたいところだけど、私と昌宏も明日から昼間は家にいなくなるのよね。どうしようかしら」

町での生活の仕方を蒼真より教えられた両親は、蒼真に仕事の斡旋《あっせん》もしてもらい、明日から新たな仕事を始めることになっていた。

昌宏は運送会社での配達。志乃は飲食店での接客。村で搾取されていた時のようなことはなく給料も大幅に上がって、文句のつけようがない職場だそうだ。

そもそも龍神の伴侶に選ばれた花印の者とその家族には、つつがなく生活を送れるようにと、それぞれに毎月援助金という名目のお金が振り込まれるようになっている。

ミトと家族に支払われる援助金を合わせれば十分に生活ができるだけの金額なので、昌宏も志乃も働かずとも生活ができるのだ。

しかし、元来働き者のふたりは健康な体でいるのだからと援助金に頼るのをよしとせず、ちゃんと働いたお金で生活しようと話し合った。そして援助金は万が一の時のために貯金に回すと決めたのだ。

そこには、ミトの未来への心配が根底にある。

龍神に伴侶として選ばれているために多くの優遇がされているが、ミトの命が尽きる最後の時まで波琉が伴侶として望み続けてくれるとは限らない。

伴侶として望まれたにもかかわらず、相性が合わなくて途中で捨てられる花印の者も中にはいるという話を、蒼真から聞かされていた。

波琉の溺愛っぷりを見ていると可能性は低く感じるが、もしもの覚悟はしておいた方がいいという。

それは決して意地悪で言ったのではなく、蒼真なりの優しさだった。

龍神に依存しすぎるのはよくないと忠告してくれているのだ。よくも悪くも龍神は人とは違う価値観の中で生きている別の存在だから、と。

真摯に受け止めた両親は、万が一ミトと波琉が別れた時のためにお金はあった方がミトのためになるだろうと考えたようだ。

波琉には内情は知らせていない。ミトだけがこっそりと教えてもらった、両親の愛情。

ミトは波琉と離れるのは嫌だと思いつつも、絶対ではないと言い聞かせるしかなかった。

できうることならずっと、おばあちゃんになっても彼のそばにいたい……。

寂しげに見つめるミトになにを思ったのか、波琉は頬を優しく撫でる。

「そんなに心配しなくても子供じゃないんだから留守番できるよ。尚之もいるしね」

「うん……」

「本当は一緒についていきたいけど、僕も仕事をしないといけなくてね」

「波琉、仕事してるの？」

てっきり日がな一日のんびりと過ごしているのかと思っていたのでびっくりだ。

「これでも紫紺の王だからね。天界でのことは瑞貴に任せているけど、人間界でしなきゃいけない仕事もそれなりにあるんだよ」

「へぇ」

「だから僕は僕で頑張るから、ミトも頑張っておいで」

「うん」

ミトはもう一度ぎゅっと波琉に抱きついてから離れた。

廊下の向こうから昌宏が急ぐように走ってくる。

「カメラ見つけたぞー」

カメラを蒼真に渡して、ミトを真ん中に波琉と両親とともに写真を撮ってもらう。

そして、やや心配そうな両親に手を振ってミトは車に乗り込んだ。

学校までは毎日運転手が車で送迎してくれるらしい。

蒼真が付き添ってくれるのは、初日の今日だけ。明日からはミトひとりで車に乗って登校しなければならず、今日よりむしろ明日の方が緊張してしまうかもしれない。

「着くまでに学校の説明しとくぞ。ちゃんと聞いてろよ」

「はい」

おもむろに蒼真による講義が始まった。

「龍花の町にはだいたい二万人ぐらいの人間が生活している。けれど、全員が全員花印を持ってる奴の関係者じゃないぞ」

ミトは頷く。

「花印を持ってる奴と身内はほんのひと握りで、あとは花印とはまったく関わりもない、龍花の町を運営していくために必要な人間とその家族がほとんどだ」

「花印の人は少ないんですね」

「割合としたら九割以上が無関係な人間だ。学生となればもっと少ないのは説明しなくても予想できるだろ？」

「はい」

「龍花の町で学校はひとつだけだ。小中高一貫教育で、ここには花印を持ってる奴だけじゃなくて、町で働いている人間の家族も同じように通ってる。けれど、龍神のためにあるこの町において、花印を持ってる奴は特別扱いだ。町と一緒で学校内も花印を持つガキを中心に回ってると思っとけ」

ミトは蒼真の説明を頭の中に叩き込もうと、必死に耳を傾ける。

「学校では大きく分けて、花印を持ってる特別科と神薙を目指してる奴がいる神薙科、それ以外の普通科という風に分かれてる。九割が普通科の連中だ」

すると、ミトが「はい！」と挙手する。

「友達はたくさんできますか？」

「それはあきらめろ」

ミトにとっては残酷な宣告がされ、顔を大きく歪《ゆが》める。

「えぇー、どうしてですか？」

「さっきも言ったが、花印を持ってる奴は町では特別待遇だ。そして、生まれて間もない頃からこの町で暮らしてる奴らはそれを当然と享受していて、選民意識がとんでもなく強い。しかもその中でさらにランク付けをしてやがるから厄介なんだよ」

「ランク付け？」

首をかしげるミトに、蒼真は困ったように頭をかく。

「それは学校に行けば嫌でも分かるだろう。それよりも、お前にはやることがある」

そう言うと、蒼真は一枚の紙をミトに渡した。

紙には学年とクラス、そして誰の者か分からない名前がずらっと書かれていた。

「なんですか、これ？」

「龍花の町の学校はちょっと特殊でな。花印を持ってる奴は、神薙科の生徒から世話係を指名できる決まりになってる」

「世話係って……いります？」

普通に学校に通うだけだというのに、どこに世話をされる必要性があるのか分からない。

「それがいるんだよ。なんせ物心つく前から特別な子だとちやほやされて育ってきたガキどもだ。世話係という名のお目付役をつけとかないとどこでどんな面倒を起こすか分からんからな」

「問題を起こしたら先生が叱ったらいいのに」

「そうもいかないんだよ。仮にだ、そいつを教育のために叱ったとして恨みを買ってみろ。のちにそいつが神に選ばれでもして、神の不興を買うことになるだろう？　そんな貧乏くじを誰が引きたがる？」

「なるほど。そう考えると確かに怖いですね」

間違いを正したら怒るような理不尽さを龍神が持っているとは思いたくはないが、人間にとって龍神とは未知の存在。なにが龍神の勘気に触れるか分からないので、怖いという気持ちは理解できた。

「……蒼真さんも世話係をしてたんですか？　今神薙をしてるんですから、蒼真さんも神薙科だったんですよね？」

　すると蒼真は得意げにふっと口角を上げた。

「俺はやってない。小学部には神薙科がなくて、世話係をつけるシステムは中学部からなんだが、俺は中学部の時には神薙の試験に受かって、十五で紫紺様の神薙に任命されたからな。紫紺様の専属神薙を、龍神の伴侶にも選ばれていない奴が指名できるはずがないだろ。けれど、それでも世話係になってくれって奴が列をなしてたな」

　ドヤ顔でふふんと胸を張り、「俺は天才だからな」と偉そうなことを言っているが、確か蒼真は神薙の試験に十回落ちたと聞いている。

　尚之になにかとネタにされ、『日下部家の長男たる者が……』うんたらかんたらと嘆かれていたから間違いない。

　それで天才と断言していいものなのか、神薙の内情を知らないミトには分からないことなので下手にツッコめない。

　だが、たとえ十回落ちたとしても、試験が難しいとされる神薙に十五歳でなれたのなら、尚之が言うほど落ちこぼれじゃないのではないだろうか。

　詳しく聞きたい気もするが、話が長くなりそうな予感がしている。

　蒼真も今その話をする気はないようで、早々に打ち切った。

「まあ、今度じっくりと話してやる。問題はお前の世話係だ。町に来たばかりのお前に誰がいいかなんて分かるはずがないからな。紫紺様の伴侶に仕える者として不足のない奴をこちらでピックアップしておいてやったから、世話係を選ぶならリストの中から選んでくれ。逆に、そこに名前がない奴は駄目だ。それなら世話係をつけない方がマシだから絶対に選ぶなよ」

紙には十名ほどの名前が記載されていた。

「上から順番に優秀な奴だからな。上から声をかけてけ」

「優秀な人ならすでに声がかかってるんじゃないですか?」

「まあ、確かにそうだが、神薙科の生徒にも拒否権はあるんだよ。相手が嫌なら受けなくてもいい。それに神薙科の生徒より特別科の生徒の方が圧倒的に少ないから、余ってる神薙科の生徒は多いんだ」

「じゃあ、私も拒否されるかもしれないんですね」

リストに名前が書かれている人数はそれなりにいるが、全員に断られたら地味に落ち込んでしまいそうだ。

「その点は心配しなくてもいいんじゃないか? すでに紫紺様の伴侶に選ばれてるお前からの希望を拒否る肝っ玉の強い生徒はいないだろうしな」

くくくっと悪い顔をして笑う蒼真は、どこから見ても堅気の人間ではない。

「そうそう、忘れてた。リストの一番最後に名前が載ってる奴がいるだろう?」

「はい。成宮千歳《なるみやちとせ》……女の子ですか？」

「女じゃない、男だ。本人は気にしてるから、名前のこといじってやるなよ」

「知り合いですか？」

蒼真からは彼への親しさのようなものが感じられた。

「知り合いっちゃあ知り合いだが、あんま知らん」

「いや、それどっちですか」

ミトの素早いツッコミも横に流し、蒼真は渋面を作る。

「そいつはいろいろとクセが強いから、ほんとに誰にも相手にされなかった時の最後の手段にしとけ」

「どんな人か知らないけど、蒼真さんには言われたくないと思いますよ？」

蒼真なんてクセの塊のような人間なのだから。

「おい！」

これには蒼真も黙っておらず、ミトの頭をチョップする。

けれど全然痛くないのは、ミトが紫紺の王の伴侶だからだろう。ちゃんと波琉の機嫌を損ねないように手加減がされている。

そうこうしていると、車は学校へ到着した。

制服を着た生徒が続々と歩いて通学してくる中、時々車が学校の玄関前に横付けしている。

　一台二台ではないので、ちょっとした列になっていた。

　ミトの乗る車も順番待ちの列に並んでいて、まだ車から出られていない。

　車からは制服を着た子たちが出てくる。

「徒歩で通学している子と車で通学している子といるんですね」

「あー、車通学は全員特別科の奴だ」

「そうなんですか？」

「お前だって現に今、車で来てんだろうが」

　確かにその通りだとミトは納得する。

「花印を持ってる奴は特別待遇って教えただろ。町から援助金が与えられるのと一緒で、使用人つきの豪邸を与えられるのが普通だ。運転手つきの車もな。だからほぼ車通学だ。特別待遇が許される立場だから学校も注意はしない……というか、できねぇんだな。正直、教師より立場的なものは上だから、文句を言える奴がいねぇのが問題っちゃあ問題か」

「蒼真さんたちが私にいろいろしてくれているのは、波琉のお屋敷にいるからってだけじゃなかったんだ」

　波琉の屋敷に住んでいると、上げ膳据え膳はもちろん、掃除や洗濯など家事のいっさいをしてくれる使用人が数名、屋敷に住み込みで働いている。

近所へ買い物に行く時とて移動は車。運転手も常駐している。

それは龍神で紫紺の王である波琉の屋敷だから厚遇なのだと思っていたが、花印を持っていると当たり前の待遇だったようだ。

「やりすぎな気がするのは、私が外から来たからかなぁ？」

ひとり言のようにつぶやく。

やりすぎの中にはミト自身への対応も含まれていた。

自分はそんな特別扱いをされるような人間ではない。ただの波琉のおまけでしかないのに、龍花の町の人々は村での扱いからは考えられないほどミトによくしてくれている。

他人からの優しさに慣れていないミトには申し訳なくなるほどの待遇。

代わりとなる対価が必要になるのではないかと心配になってしまう。

知らず知らずのうちにミトの眉間には皺《しわ》が寄っていた。

「だな。まあ、俺も神薙になって花印を持ってる奴の待遇を詳しく知る立場になった時には、伴侶にも選ばれてない奴にここまでやらなくてもいいんじゃね？って思ったが、よく考えてみろ。花印を持ってる奴は龍神の迎えが来るかもしれないんだ。そんな人間をこれまで大事にしてましたよーって方が神には好印象だろう？」

「だから、これはあくまで必要な措置なんだよ。花印を持ってる奴のためじゃない。来るかもしれない龍神のため、ひいては龍花の町のためにな。お前を特別に扱うのも、お前のためってより自分たちの生活のためだ。だから気にせず大手を振って受け入れればいい」

「確かに」

必要なことと教えられても、ミトにはまだピンときていない。これまで不遇な対応をされてきたせいか、丁寧に扱われるとすごく申し訳ないような気持ちになる。

蒼真はそんなミトの心情に気づいていたから、罪悪感を持たないような言い方をしてくれているのだろうか。

真相は分からないが、案外人を見ている蒼真はすべてを理解した上で言葉を選んでいるように感じた。

ミトたちが乗る車の順番が来たので、玄関前で降ろしてもらう。

降りたのはミトだけで、蒼真は車の中に残ったまま。本当に学校まで送るだけだったようだ。

せめて職員室まで来てくれると思っていたのにと不満そうに蒼真を見ていれば、後ろから声がかかる。

「星奈ミトさんですね?」

振り向いたミトの前に立っていたのは、ひょろりとした体格のなんとも気が弱そうな丸眼鏡の若い男性。

「はい、そうです」

ミトは見覚えのない人物に疑問符を浮かべつつ返事をする。

「はじめまして。あなたの担任の草葉《くさば》です」

担任と聞いて慌てて頭を下げる。

「星奈ミトです！　よろしくお願いします！」

「…………」

返事のない沈黙が落ちたのでそろりと頭を上げると、草葉は驚いたように目を丸くしていた。

「あの、なにか変なことしちゃいましたか？」

登校初日からなにか失態でも犯してしまったのだろうかと、ミトは不安顔になっていく。

「いえ、こんなにも腰の低い花印の方にお会いしたことがなかったもので、少し驚いてしまいました。しかし、あなたはこれまで外で生活してこられたのですから当然かもしれませんね。こちらこそよろしくお願いします」

丁寧にお辞儀をした草葉は、満面とはほど遠い小さな笑みを作った。

「ほんじゃあ、任せたぞ、草葉。そいつなんも知らねえから、適当にいろいろ教えてやってくれ」

車の中から蒼真は草葉にそう声をかけて、だるそうに手を振る。

「……相変わらず日下部君は大雑把ですねぇ。そんな調子で本当に紫紺様の神薙をやれているのか疑問です」

草葉はわずかにあきれたような声色で、ズレかけた眼鏡を指で押し上げる。

「うっせえよ。じゃあミト、俺は帰る。授業が終わったら迎えに来るから、またこの玄関で待ってろよ」

それだけ言うと、蒼真を乗せた車は窓を閉めて走り去っていった。

「神薙になっても日下部君は変わりませんねー」

その言葉は、古くからの知り合いのように聞こえた。

「先生は蒼真さんと知り合いなんですか？」

「腐れ縁ですね。小中高とずっと同じクラスだったんですよ」

「ということは、先生は神薙科の生徒だったんですか？」

「ええ。しかし、日下部君のように試験に受からず、神薙をあきらめて今はこうして教師をやっています」

あまり残念そうにしていないのを見ると、彼は教師という職に満足しているように感じた。

神薙の試験に落ちたという人物に初めて会ったミトは聞きたかった。

「神薙の試験ってそんなに難しいんですか？」

「ええ。それはもう。必要とされる知識は多岐にわたり、神薙科で散々勉強の日々を過ごしましたが、それでもなぜか遊びほうけている日下部君の成績を上回ることができませんでしたよ。教科書を開いているところすら見た覚えがないあんな不真面目な人が毎回学年一位を取ってたものですから、カンニングしているんじゃないかと学校を巻き込んだ騒ぎに発展しましてね」

草葉はいったん言葉を切りため息をついてから続ける。

「疑惑の本人はそれを言いだした生徒をおちょくって煽《あお》るものだから、それまで彼に不満を抱いていた子たちと拳で語り合い始めまして、神薙科の教室はカオスと化しました」

どこか遠い目をしながら「懐かしいですねぇ。私にも椅子が飛んできたんですよー」と口にする草葉からは、あまりいい思い出のようには感じられなかった。

「彼のおかげで大抵のことには動じなくなったので、今では問題ばかりの特別科の担任を押しつけられてしまいました」

草葉からはなにやら哀愁が漂っている。

蒼真の学校時代の光景が目に浮かぶようだ。

きっと彼が起こした問題はそれだけではないに違いない。

ミトがなんと声をかけたらいいものか悩んでいると、先に草葉が動いた。

「では、教室に案内しますね。ついてきてください」

「は、はい！」

小中高一貫教育の学校の校舎は、小学部の校舎と、中高でひとつの校舎というように分かれている。

十六歳になるミトは小学校にも行っていないので、もしや小学部から始まるのかと心配になったが、どうやら年相応に高校生として入学できるようだ。

担任となる草葉にはある程度ミトの生い立ちが伝えられているようで、学校に通った過去がないことも知っていた。

「星奈さんには数日前にいくつかの教科の試験をしてもらったと思いますが、覚えていますか？」

「はい」

学校入学の手続きが終わったと言い渡された少し前に、蒼真から実力テストだと国語、数学、理科、英語、社会という基礎となる教科の問題を解かされた。

きっちり時間まで計って行われたテストは、ミト的には上々の結果を出せただろうと自負していた。

「小学校にも通った経験のないあなたの学力がどれほどあるかの確認のために受けてもらったんですよ。中学卒業レベルの知識はお持ちという結果が出たので高等部の入学が認められました。そうでなかったら、小さな子たちと交じって足し算からすることになってましたよ」

「よ、よかった……」

小さな子に囲まれて勉強なんて、いたたまれなくて仕方ない。

村で最低限の勉強をしていて助かった。村長は勉強するのすら気に食わないようだったが、両親が粘って最低限の勉強ができるように取り計らってくれたのが今に生きている。

両親には帰ったら改めてお礼を言おう。問題なく年相応の学力がついたのは間違いなく両親のおかげなのだから。

「学校内のことを簡単に説明させていただきます。花印を持った生徒が集まる特別科は他の科に比べると圧倒的に人数が少ないため、中高の特別科がひとつの教室に集まってホームルームなどを行っています。しかし学ぶ内容は学年により違いますので、体育など合同で行う授業もありますが、ほとんどの授業は分かれて行います」

「そんなに特別科の生徒は少ないんですか？」

「そうですね。まあ、見ていただくのが一番分かりやすいでしょう」

草葉は【特別科】と書かれた教室の前で立ち止まり、すーはーすーはーと深呼吸をしたかと思うと、気合いを入れるようにぐっと拳を握ってから教室の扉を開いた。

その様子をきょとんとしながら見ていたミトは、草葉の後ろについて教室に入る。

ざわざわと騒がしかった教室は草葉が入ってきても静かになる気配はなく、草葉が必死に「静かに！　静かに！」と叫んでいるが誰も聞いていない。

これは完全に生徒から舐《な》められているなと、ミトは困惑したまま立ち尽くすしかない。

草葉が場を沈めるのを早々にあきらめたところを見るに、きっと日常茶飯事なのだろう。草葉はため息をつくと、ミトを呼んだ。

「星奈さん。こちらに来てください」

教室の入り口で戸惑っているミトが草葉の立つ教卓の横に歩いていくと、それまで騒がしかった教室が一気に静まり返った。

一身に向けられる生徒たちの視線にミトはたじろぐ。

「今日から特別科の仲間になりました星奈ミトさんです。皆さん仲良くしてあげてください」

生徒は皆、検分するようにジロジロと不躾《ぶしつけ》な眼差しをミトにぶつけている。

ミトは負けじと声を張った。

「星奈ミトです。よろしくお願いします！」

簡単な自己紹介を終えて、パチパチと拍手するのは草葉だけである。

あまり歓迎はされていないのだろうか。

特別科の生徒のホームルームは中高の全学年が合同だと聞いたが、教室の半分も埋まらないほどの人数しかいない。それだけ花印を持って生まれる人間というのは少ないのだと実感させられる。

中学部と高等部とではブレザーの色が違っているのですぐに見分けがついた。高等部はミトが着ているのと同じ紺色で、中学部はえんじ色だ。

だいたい割合としては半々ぐらいだろうか。いや、若干中学部の方が多いようだ。

花印を持つ者は女性と決まっているわけではないので、教室内にいる生徒にも複数の男の子が含まれていた。

教室内の生徒を見た限りでの判断になってしまうが、特に男女どちらが多いというわけではないようだ。

実際の花印の男女比率はどうなのだろうか……。

今度蒼真に聞いてみようか、などと余計なことを考えている間にホームルームは終わった。

そして各自が授業を受けるために教室を出ていく。

オロオロするミトの肩を草葉が叩いた。

「中高合同のこの教室は主にホームルームの時ぐらいしか使わないんですよ。皆、各学年の授業を受ける教室に移動するんです」

「そういうことですか」

あっという間に誰もいなくなった教室で、ミトはちゃんと友人ができるだろうかと心配になってきた。

なにせ誰ひとりとしてミトに話しかけてきてはくれなかったのだ。

こういう時、転校生というものは質問攻めに遭うものではないのか。もう少し興味を持ってくれてもいいのではないかと苦言を呈したくなるほど、ミトを避けるように行ってしまった。

「では、星奈さんも授業を受ける教室に移動しましょうか」

「はい！」

一緒に授業を受けていたら他の子と話をする機会も巡ってくるはず。その過程で仲良くなれたら儲《もう》けものだ。

気を取り直したミトは表情を明るくして草葉の後について移動した。

意気揚々と草葉の後について別の教室にやってきたものの、誰もいないがらんとした部屋の中央にひとつだけ机と椅子が置かれている教室。ミトは嫌な予感がした。

「星奈さん、ここがあなたが授業を受ける教室です」

嫌な予感が的中してミトは顔を引きつらせる。

「あの……他の生徒は？」

「特別科の高校一年の生徒は星奈さんだけです。星奈さんは学校で授業を受けた経験がありませんし、教師とのマンツーマンは星奈さんにとってもちょうどよかったですね」

ミトの気も知らない草葉は好都合とばかりな表情で、教室のど真ん中にポツンと置かれた机を黒板の見えやすい前の方に移動させる。

「さて、とりあえず時間割をお渡ししますね。今日の一限目は僕が担当する国語です」

そう言って、草葉はがっくりとしているミトに用紙を渡した。

正直ミトは授業どころではなかったが、肩を落としてただひとつの椅子に座った。

「授業を受ける時は、教科書とノートと筆記用具を机の上に置いておいて、他の余計なものは出さないようにしてくださいね」

学校が初めてのミトに、当たり前すぎて普通では教えないようなことも草葉は一から丁寧に教えてくれる。

「先生が黒板に書いたものは、できるだけノートに書き写してください。学校では定期的に試験を行い、普通科や神薙科も含む学年ごとの上位十名の名前を張り出すようになっていますので、星奈さんも名前が載るように頑張ってくださいね」

「はい……」

「星奈さんは素直な方で先生は嬉しいですよ。他の特別科の生徒ときたら……」

　草葉はそれはもう深いため息をついた。

「星奈さんはひとりでの授業で本当によかったですね」

草葉には悪いが、どこにもよかったと思える要素がないように思う。

　きゃっきゃと楽しくおしゃべりしたり分からない問題を教え合ったりする、ミトの理想の学校生活がガラガラと崩れ去っていく。

　ひとりではおしゃべりも勉強の教え合いっこもできないではないか。友人だってできるはずがない。なんてったってひとりなのだから。

　なぜ自分は特別科の生徒なのだろうか。

「先生、今から普通科に編入できませんか？」

「それは無理ですね。花印を持った特別な子を他の生徒と一緒にしてなにか問題が起きたら大変です。しかも、星奈さんは紫紺様の伴侶に選ばれているので、教師陣にもあなたの扱いには特に気をつけるように上から通達されています」

なんてことのないように告げられた内容は、要約すればミトを特別扱いしろと言っているようなものだ。

「えっ」

「驚くことではありませんよ。それだけこの龍花の町では龍神を中心に物事が動くんです。日下部君から聞いていませんか？」

「そうですね、何度も聞きました」

それはもう耳にタコができるのではないかというほどに。

けれど外から来たミトには足りないぐらいなのだろう。蒼真だけでなく草葉からも言われても、まだ本当の意味では理解しきれずにいるのだから。

「私が波琉の伴侶に選ばれたことは学校の皆が知っているんですか？」

「いえ、今のところは教師だけでしょう。生徒にわざわざ伝えるものでもありませんし、花印を持った子の中には隠したがる子もいるんですよ」

「そうなんですか？」

「ええ。目をつけられたくないという理由でね」

なんだ、その不穏な理由は。

聞きたいけど聞きたくないという、なんとも複雑な顔をしたミトを前に、草葉は眼鏡を指で押し上げる。

「まあ、紫紺様の伴侶であるあなたなら問題はないと思いますけど、生徒に知られていない現状では気をつけてくださいね」

「気をつけるってなにをですか？」

「まあ、学校にいれば嫌でも耳に入ってきますよ。じゃあ、授業を始めましょうか」

「えええー」

そんな中途半端に話を止められたら余計に気になって仕方がない。草葉もそこまで言いかけたのなら、責任をもって最後まで教えてほしい。

しかし、いくらミトが問いかけても「授業に関係のない質問には答えません」と教えてくれなかった。

そして一限目が終わり、休み時間を挟んで入ってきた教師は、ミトを見るなり怯《おび》えたようにビクビクしていた。もちろん初対面の相手である。

次の時間に現れた教師も同じく、言葉遣いひとつにしてもどこか気を遣っているのを感じられる。

その上、ミトと視線を合わせないようにしているのだ。目が合おうものならあからさまに背けられるのだから地味に傷つく。

しかし、ミトの扱いに気をつけるように教師に通達されたという草葉の言葉が頭をよぎり納得がいく。

ミト自身にはなんの力もない……いや、動物と会話できるという能力はあるが、それ以外で教師になにかをできる立場も力もないのに、紫紺の王の伴侶というだけでここまで怖がられるとは。

（波琉だって怖い人じゃないのに……）

そこまで考えて、波琉が怒って村の家々に雷を落として潰したことを思い出した。

（うん、ちょっとは怖いかも。ちょっとだけだけど）

しかし、波琉を基本的に温厚な人だと思っているミトは、そこまで怖がられるのが少々腑《ふ》に落ちない。波琉から怖がられるほどのことをされたならまだしも、まだなにもしていないのにと理不尽さを感じる。

そして四時限目に現れた教師には、怯えられるのではなく媚《こ》びられた。小学生レベルの内容を解いても、天才だ！と言わんばかりに褒め称えるのである。

清々しいほどの忖度《そんたく》に、ミトはあきれしかない。

まだ草葉を含めて四人の教師にしか会っていなかったが、他の教師も同じようにミトに過剰な対応をしてくるのかとげんなりしてくる。

そう考えると、草葉はまともな教師だった。

紫紺の王の伴侶に選ばれたミトにも普通に接するのだから、きっと他の生徒にも分け隔てなく接しているのだろうと思われる。草葉は特別科の担任であることを迷惑そうにしていたが、草葉の人柄による人選だったのかもしれない。

少なくとも草葉以外の授業を受けた教師ならば、生徒を怖がったり媚びたりで生徒に舐められるどころではないだろう。

媚び媚びの教師の授業を聞きながら心ここにあらずな状態のミトに、四時限目の終了を告げるチャイムの音が耳に入る。

やっとかと小さく息をついたミトから逃げるように教師はさっさと出ていった。

残されたミトは途方に暮れる。

「これからどうしたらいいんだろ」

ミトが学校初日だと知っているだろうに、先ほどの教師は何も教えてくれなかった。せめてどうするか言ってから去ってほしかったと思うのは我儘だろうか。

とりあえずその場で待っていると、草葉が教室の扉を開けて顔を覗かせた。

「やっぱりここにいたままでしたか。昼休みなので、食堂に行ってお昼ごはんを食べてください。次のチャイムが鳴る前にこの教室に戻ってくださいね」

「はい……。あっ、でもお金持ってきてないです」

学校に行けることを喜ぶばかりで昼食の存在をすっかり忘れてしまっていたので、お弁当も持参していない。

「身分証は持っていますか？」

「はい」

蒼真から屋敷の外に出る時は学校でもプライベートでも関係なく身分証を持っておくようにとうるさいほどに言われている。

「町で買い物をしたことはありますか？」

「はい。スーパーで」

「その時と一緒です。身分証を出せば金色のカードを持つ花印を持った子は無料で食堂を利用できますので、好きに使ってください」

「なるほど」

学校でまで効力を発揮するとは、身分証は龍花の町においてとてつもなく大事なもののようだ。

村長の命令で国への戸籍登録がなされなかったミトだが、龍花の町では必要ないと言われた。その代わりが身分証なのだ。

ミトがミトであることを証明してくれる必需品で、龍花の町に住んでいる者は全員所持しているらしい。

身分証がないと不便なことも多いと聞くが、食堂でも必要なのだから、本当になくすと危険である。

まあ、金色のカードは希少ゆえすぐに足がつくので、誰かに盗まれても悪用されることはまずないだろうという。

「早くしないと人気のメニューが売り切れになってしまいますから行きましょうか。食堂まで案内しますよ」

「あ、ありがとうございます！」

元気よくお礼を口にして、草葉に食堂まで案内してもらう。

「ここです」

食堂内にはすでに多くの生徒が集まっていた。

草葉は食堂には入らずにミトを送り届けるときびすを返す。

「先生は食堂を利用しないんですか？」

「ええ。僕には愛妻弁当がありますからね。いつも職員室で食べてますよ。だからなにかあれば職員室に来てください」

愛妻弁当と発する口元が緩んでいるのを見るに、草葉家の夫婦仲はとても良好なようだ。

「ありがとうございます」

再度お礼を言ってから、ミトは食堂に入っていく。

食堂の一番奥にカウンターがあり、そこに生徒が並んでいるので、周りに倣ってミトも最後尾に並んだ。

食堂に入って右側にも人だかりができていて不思議に思ったが、どうやらそちらではパンを売っているようだ。列をかき分けて出てきた人が手にパンやサンドイッチを持っていたので確かだろう。

メニューはいろいろとそろっているようで、なににしようかと写真の載ったメニュー表を見ているだけでウキウキしてくる。

初めて多くの生徒の中に埋没したことで、自分が学校にいるのだとひどく実感した。

そして自分の番がやってくる。

「A定食をお願いします」

「はいよ」

他の生徒がそうしていたようにお盆を持つと、その上にエプロンを身につけた中年のおばさんが料理の乗ったお皿を置いていってくれる。

メインのおかずに、味噌汁《みそしる》とごはんの入った茶碗《ちゃわん》がそろう。

自分の身分証でもある金色のカードを出して小さな四角い機械に押し当てると、ピピッと音がした。他の生徒も同じようにしていたので、支払いの仕方は間違っていないはずだ。

すると、おばさんが金色のカードとミトの手の甲にある花印を見てひどく驚いた顔をしていた。

「あんた新入りの特別科の子かい？」

「はい、そうですけど……。支払い方が間違っていましたか？」

「いやいや、合ってるよ。なるほどねぇ。その年まで外で暮らしてると、普通の子と同じようにまともに育つんだねぇ」

しみじみとしたようなおばさんの言葉は、ミトには意味不明だ。

「いや、こっちの話さ。冷めないうちにおあがり」

「はい。ありがとうございます」

「特別科の子にお礼を言われたのなんて初めてだよ。こりゃ今日はいい日になるね」

おばさんは豪快に笑って、次の生徒の注文を聞いていた。

ミトはよく分からないまま空いた席を探すが、その間周囲からジロジロ見られているのを感じる。

決して気のせいではない。こっそり見ている者もいれば、遠慮なく視線を向ける者とさまざまだ。

ホームルームでも注がれた不躾な視線にあんまりいい気分にはならず、周りに誰もいないテーブルに座る。誰に声をかけられるわけでもないが、よくよく耳を澄ませてみると……。

「あの子が転校生？」

「あの年で見つかるなんてまともじゃないよね」

「どこの派閥に入るんだろ？」

「派閥のことなんて全然知らねぇんじゃないか？」

声を抑えているがバッチリ聞こえている。

しかし、『派閥』とはいったいなんのことかと首をひねっていると、ミトの隣の席に誰かが座った。

目を丸くして隣を見ると、栗色《くりいろ》の髪をしたショートカットの女の子だった。

「ここ座ってい？って、もう座っちゃってるけど」

ニコニコと微笑む彼女に、ミトは警戒心よりも驚きの方が先立ち「どうぞ」と了承してしまった。

「私は如月雫《きさらぎしずく》。特別科の高校二年よ。朝ホームルームの時にいたんだけど、覚えてないわよね？」

「ごめんなさい」

ミトの記憶にはまったくなかった。

「いいのよ。人数が少ないとはいえ、あんな短時間で覚えきれるものじゃないもの、気にしないで。私のことは雫って呼んでくれていいからね。その代わり私もミトって呼んでいい？」

「あっ、はい……」

予想外に気さくな雫に、ミトは思うように言葉が出ないほど戸惑っていた。

しかし、動揺している場合ではない。これは友人を作るチャンスではないのかと活を入れる己が存在していた。

「ミ、ミミミミミトです！　仲良くしてください!!」

少々ボリュームの大きすぎた声に雫は一瞬目を大きくしたが、次の瞬間には声をあげて笑った。

「あははは、ミミミミミトって。どもりすぎ」

ミトは恥ずかしさで顔を赤くする。

「まあ、でも仕方ないわよね。転校初日だもん」

「すみません……」

「ほら、敬語は禁止。仲良くしましょう」

差し出してきた雫の右手を、ミトは逃がすまいとするように両手で握った。

これは千載一遇のチャンスである。

友達百人などと我儘は言わない。せめて学校を楽しいと思える友人がひとりでもいいから欲しい。

ミトの想いは切実だった。

「授業がひとりだったからこのまま友達もできずに時間が過ぎちゃうと思ってて。だから声をかけてくれて嬉しい」

はにかむミトを見る雫は渋い顔をしていた。

「あー、ホームルームの時よね。基本的に皆自分のことが第一だから。授業がひとりなのは仕方ないわよ。見て分かったと思うけど、これだけ広い食堂にあふれるほど生徒がいるのに、特別科の子は本当に少ないから」

特別科の人数の少なさは蒼真からも聞いていたが、予想以上だった。

「うん。中高合わせてひとクラスにも満たない人数とは思わなかった。しかも高等部の一年生が私だけなんて……」

今後も変わることがないだろうひとりぼっちの授業に心が折れそうだ。教師にも怖がられているし、仲良くなんてできそうもない。

「皆興味なさそうにしてるけど、実際は興味津々よ。特に普通科の子たちはね。今もすごい見られてるでしょ？」

「うん」

先ほどから痛いほどに視線を感じている。

「転校してくる子は時々いるから珍しくないんだけど、特別科に転校してくる子なんていないからね。だって大抵赤ちゃんの頃にこの町に連れてこられるから、十六歳までどうやって外で過ごしてきたのか聞きたくてならないのよ」

「雫も気になるの？」

「そりゃあね。でもそれ以上に気になってるのは、どの派閥に入るつもりなのかってことよ。ありすさんに聞いてくるように言われたから話しかけたってわけ」

肩をすくめる雫からは、ミトには理解できない言葉がいくつも出てきた。

「派閥？　ありすさん？」

すると、ミトの問いかけを邪魔するように甲高い声が食堂内に響いた。

視線を向けた先には紺色のブレザーを着た女子生徒がおり、なにやら大きな声で騒いでいる。

「なにしてんのよ、あんた！」

何事かと周囲の生徒も視線を向けていたが、「またかよ」とか「女王様は今度はなにに怒ってんだ？」という声が耳に入ってきた。

「女王様？」

首をかしげるミトの隣で、雫が不快そうに顔をしかめた。

「あの子は私たちと同じ特別科の高校三年の、美波皐月《みなみさつき》さんよ。正直同じくくりにしてほしくはないけど」

雫がミトにも分かるように説明してくれたおかげで、騒いでいる女の子がどんな子

ない。

特別科ということはホームルームで教室にいたはずだが、雫同様にミトの記憶にはない。

つり目がちの目に、つけまつげのつけすぎと思えるほどバサバサのまつ毛。すっぴんのミトからは考えられないぐらい濃いメイクをしており、明るい茶色の髪の毛も緩やかな巻き毛でばっちりセットされている。

ふたつしか年が違わないのに、化粧っ気のないミトと比べたらずっと大人に見えた。

よくよく観察してみると、確かに彼女の右手の甲にはミトより色の薄い朱色の花印が浮かんでいた。雫もそうだが、ミトとは違う形の花印があった。

自分と波琉以外の形の花印を見たのは初めてなので、感心した様子で確認する。

ミトが彼女を観察している間も、皐月はそばにいたえんじ色のブレザーを着た中学部の女子生徒相手に鬼の形相でぎゃあぎゃあと叫んでいる。

「そこは私の場所よ！　誰の許可を得て勝手に座ってんのよ！」

「す、すみません……」

「謝って済むと思ってんの!?　久遠《くおん》様に言いつけてやるんだから！　あんたなんて私のひと言で町から追い出すことだってできるのよ！」

「すみません、許してください！」

どうやら皐月が普段使っている席に、怒鳴られている女の子が座ってしまったようだ。

「ねえ、雫。ここって席が決まってるの？」

だとしたら、自分も誰かの席に勝手に座っているのではないかと心配になった。

とはいっても、あそこまで激怒しなくてもいいと思うが。

「そんなのないわよ。あの女が勝手に自分の席だって決めつけてるだけ。あそこは窓側で日当たりも景色も一番いいのよね。自由席だから誰が座ってもいいんだけど、あんな風にあの女が占有しちゃってるもんで誰も座らないようにしてるの。怒られてる子は知らなかったか間違ったかしちゃったのね。かわいそうに」

女の子は未だに皐月に平身低頭で謝罪している。

そしてその様子を周囲の誰もが気がついているのに、助けに入ろうとする者はひとりもいない。まるで間違えてしまった女の子の方が悪いとでもいうように我関せずだ。

身を縮こまらせて罵声を浴びせられるまま耐えている女の子を見ていると、村で真《ま》由《ゆ》子《こ》のいじめに逆らえずにいた自分と重なった。

見ていられなくなったミトが止めに入るべく立ち上がったが、腕を雫に掴まれる。

「どうするつもり？　まさか止めに入ろうなんて考えてないわよね？　そうだったらやめときなさい」

「ミトは来たばかりだから知らないだろうけど、あの女には伴侶となる龍神がいるの」

「どうして？」

「それがなんの関係があるの？」

伴侶がいようと、あそこまで怒鳴りつける必要はないはずだ。

「大ありよ。いい？　同じ花印を持っている子でも、龍神に選ばれたか選ばれていないかじゃ、ここでの発言力が大きく違うの。龍神に選ばれてるってことは、絶対的な権力を得たのと同じなのよ。あの女が女王様って言われてるのも揶揄《やゆ》してってだけじゃない。実際に学校であの女は女王様のような存在なんだから」

「だからってっ！」

「同じ特別科でも私たちとは違うの。そんな相手の不興を買うようなことをしたら、今度はこっちがひどい目に遭わせられちゃうわよ。あの中学部の子はかわいそうだけど、見て見ぬふりするのがこの学校で……ううん、この町で平穏に暮らせる正しい生き方なの」

間違っていることを間違っていると言えなくて、なにが正しいというのか。

ミトはそんな生き方はしたくなかった。

だって、それでは村で暮らしていた時となにも変わりはしない。自分はもう自由なのだから。強者にただ従うだけなんて嫌だ。

ミトが雫の手を振り払った時……。

「皐月さん、もうそれぐらいにしていただけませんか？」

激昂《げっこう》する皐月に声をかけたのは、眼鏡をかけたおさげの女の子。どことなく真面目そうな雰囲気を感じる。

えんじ色のブレザーを着ているので中学部だと分かる。

「あっ、ありすさんが来たならもう大丈夫ね」

雫はほっとしたような表情をした。

「ありすさん？」

「そうよ。桐生《きりゅう》ありすさんって人でね、彼女も特別科の生徒なの。中学部の三年生だけどとてもしっかりしていて、特別科の中心的人物なのよ」

「けど、さっき私には助けに入るなって言ったのに……」

態度の違う雫に不満を募らせるミトに、雫が苦笑気味に説明する。

「ありすさんは別よ。彼女も龍神の伴侶に選ばれた人間だから」

「伴侶に選ばれてたらいいの？」

「まあ、端的に言えばそうね。この町では花印を持っていることが最高のステータスだけど、実際に迎えに来てくれて伴侶になり、天界に上がれるのはほんのひと握り。現在学校で龍神に選ばれているのは皐月さんとありすさんのふたりだけ。だからこの学校はふたりを中心に回ってるの」

同じく龍神に選ばれた伴侶だから、皐月にも物申せるというのか。

皐月に対峙《たいじ》するありすは、泣きながら謝罪する女の子の肩を抱く。

「ちょっと席を使ったぐらいで、こんなになるまでいじめるなんて最低だと思わないんですか？」

ありすは皐月をギッとにらみつけるが、皐月とて眼差しの強さは負けていない。

「なによ。私の席を勝手に使うのが悪いんでしょう！」

「食堂は自由席です。座っていたならあなたが他の席を使えばいいじゃないですか」

「ここは私がずっと使ってる席よ。普通科の分際で私の席を取るのが悪いわ」

「まるで小さな子供ですね。小学部からやり直したらどうです？　精神年齢がちょうど合うのではありませんか？」

その言葉に皐月はかっと顔を赤くする。

「あんた、年下のくせに生意気なのよ。いつもいつもなにかあるたびにしゃしゃり出てきて！　あんまりうるさいと久遠様にお仕置きをしてもらわないといけないわね」

歪んだいやらしい笑みを浮かべる皐月を前にしても、ありすは顔色ひとつ変えなかった。

「久遠様は良識のある方と聞いています。あなたの我儘に振り回されるとは思えませ

「あら、じゃあ確かめてみる？　実際に久遠様が出てきて困るのは、あなたの龍神じゃないのかしら？」

　そこで初めてありすの顔が悔しそうに歪んだ。

　それを見て皐月は気をよくし、ニヤリと口角を上げる。

「ふふふ、あははは。同じ龍神に選ばれたっていってもしょせん久遠様には足下にも及ばないんだから、いいかげん身のほどを知りなさいな」

　皐月は先ほどまで席の争いをしていたのも忘れて、機嫌よさそうに食堂を後にした。

　食堂は再びいつも通りの喧噪《けんそう》を取り戻す。

「一応、なんとかなったみたい。でも、皐月さんが龍神様を出してきたらありすさんには勝ち目がないわね。ほんとあの女ったら忌々しい。相手が久遠様じゃなかったらこんなに幅をきかせたりできないくせに」

　眉をひそめる雫を、ミトは表情をなくして見ている。

「久遠様って？」

「皐月さんを伴侶に選んだ龍神よ。花印の子は龍神に選ばれたかで発言力が変わってくるけど、相手の龍神の位にも左右されるの」

「位？」

「龍神は四人の王が一番上に存在しているんだけど、さすがに知ってるわよね？」

あまりにも知らないことの多いミトに、雫は確認するように問いかける。

「うん」

ミトがこくりと頷くと、雫は続ける。

「王が一番位が高く、その次が王の側近、そして他の龍神の順で偉くてね、皐月さんは金赤の王の側近である龍神に選ばれたの。おそらく学校内だけじゃなくて龍花の町に降りてきている龍神の中で一番偉いんじゃないかしら？　噂では紫紺の王が龍花の町にいるって話だけど、実際に見たって人が知り合いにいないからほんとのところは分からないのよね」

ミトはドキリとして反応に困った。

波琉は龍花の町に降りてきて十六年、一度も外に出たことがない上に屋敷の人たち以外との接触もなかったと言っていたので、存在が噂でしか伝わっていないのだろう。

しかし、ミトが来てからはスーパーに出かけたり、デートの約束もしているので生徒のうちでも存在が周知されるのはもう間もなくかもしれない。

「まあ、紫紺様は今関係ないわね。ありすさんも皐月さんも龍神の庇護《ひご》のもとにあるけど、お相手の龍神の位は皐月さんの方が圧倒的に上だから、久遠様の名前を出されると、ありすさんもなかなか思うように皐月さんを止められないのよね」

「なるほど」

自分の龍神が誰よりも格上だと分かっているから、皐月もあれだけ我儘放題なのか。

ここは龍神のためにある町だ。龍神を盾に取られたら教師と言えど注意できないのだろう。

そんな中で唯一対抗できるのが同じく龍神に選ばれたありすだが、ありすの龍神では皐月の龍神に劣るので完全に制御不能となっているようだ。

きっと波琉なら止められるのだろうなと彼の姿が頭をよぎるも、自分が波琉の伴侶だと雫に言いはしなかった。

偉いのは波琉であって、ミトではないのだ。波琉の威光を盾にしてしまったら、皐月と変わらない。なにより、波琉を利用しているようで嫌だった。

ミトがそんなことを考えているとも知らずに、雫はさらに続ける。

「今の学校ではね、ただふたり、龍神に選ばれたありすさん派と皐月さん派とで派閥ができてるのよ。中学部ながら生徒会長もしていて、皐月さんの被害に遭った子を助けてくれる正義感も強いありすさんを支持する子が多くてね。だけど、やっぱり格上の龍神を相手に持つ皐月さんを支持する子も一定数いるの。まあ、皐月さんの方は人望じゃなくて損得勘定で支持されてるだけだけど」

「雫はどっちなの？」

「私はありすさん派よ」

答えを聞くまでもなく、ミトはなんとなく分かっていた。なにせ、高校二年の雫が中学三年のありすを『さん』づけで呼んでいる時点で対等ではないように感じたから。

胸を張って堂々とありす派だと口にする雫は、ミトの手を握った。

「ねえ、ミトもありすさんの派閥に入るわよね？　皐月さんみたいな女についたらきっと不幸になるもの。断然ありすさんの方がいいって保証するわ」

思い返してみると、雫は最初に話しかけてきた時、どの派閥に入るかありすに聞いてくるように言われたと口にしていた。

最初から派閥に入れるために声をかけてきたのだ。

それを理解すると、友人ができると喜んでいた気持ちが萎んでいくようだった。

三章

タイミングよくチャイムが鳴ったので、ありすの派閥に入るか明言することなく雫と別れ、授業を受ける教室へと戻った。

午後の授業は散々なほど頭に入ってきてくれずに上の空。それでも、紫紺の王の伴侶であるミトを叱る教師はいなかった。

授業が終わってホームルームを行う教室へ行くと、ミトのために用意された椅子と机が一番後ろに置かれていた。

自分の席に座り、よくよく観察してみると、確かに食堂で騒いでいた美波皐月の姿も、諌《いさ》めていた桐生ありすの姿もあった。もちろん、いろいろと話を聞かせてくれた雫の姿も。

雫は後ろを向いて小さく手を振ってくれたが、ミトは曖昧な笑みで振り返すに留める。

友達を作りたいと意気込んでいたのに、雫を含めて仲良くなれそうな気がしない。雫は気さくに話してくれて好印象だったはずなのに、どうしてこうなってしまったのか。

殺伐とした教室内の空気にすでに嫌気がさしている。

ホームルームが終わり、雫が近寄ってくる気配を察したミトは鞄を抱えて素早く教室を後にした。

また派閥のお誘いなんてされては敵わない。今のミトにはどちらが正しいのか判断がつかず、そんな状態で派閥に入れられてしまったら後で後悔するに違いない。

とりあえずこれは要相談だと蒼真の待つ玄関へ行くと、蒼真が煙草をくわえながら車に寄りかかっていた。

駆けてくるミトを見つけるや、煙草をボリボリと食べてしまった。

ぎょっとするミトは思わず足を止める。

「煙草食べちゃったんですか⁉」

「煙草じゃねぇよ。これは煙草の形をしたお菓子だ」

「なんて紛らわしい」

煙草を食べてしまったのかとびっくりしたではないか。

「俺は煙草の煙は嫌いなんだよ」

「じゃあ、なんで煙草を吸ってるみたいにくわえてたんですか？」

「格好いいだろ」

あきれて言葉が出なかった。

「なんだ、そのなんか言いたそうな顔は」

「別に……」

「それより学校初日はどうだった？　楽しめたか？」

学校の話になりミトははっとする。とりあえず車の中に入ると、車は屋敷に向けて動きだした。

「蒼真さん、なんですか、この学校は！　私の思ってた学校と全然違うんですけど！」

怒りを含ませながら不満を蒼真にぶつけるミト。

蒼真がけけけっとなんとも楽しそうに笑っているのが、さらに腹立たしい。

「特別科の奴らが派閥争いでもしてたか？」

「知ってたんですか？」

「いや、ただの予想だ。なんせ俺が学生の頃も、特別科の奴らは誰が一番偉いかで争ってやがったからな。それに他の科の生徒が巻き込まれるのもいつものことだ」

「いつもだなんて……」

そんな学校嫌だ……。

ミトががっくりしていると、蒼真が悪い顔をして口角を上げる。

「そんなに巻き込まれるのが嫌だったら自分のことをぶちまけてやったらいい。自分は紫紺様に選ばれた伴侶だから自分の命令を聞け！ってな」

ミトはふくれっ面で蒼真をじとっと見る。

「そんなことしません」

「なんでだ？　それが一番平和な解決方法だ。紫紺様に逆らえる龍神は今この町にはいないからな」

「けど、それは波琉が偉いんであって、私が偉いんじゃないもん！　波琉が言うなら分かるけど、私が使っていい言葉じゃないです！」

誰も彼も格上だとかどっちが偉いとか、それは龍神の間の話であって、人間同士の付き合いには関係ないはずだ。

「私は波琉が好きだから一緒にいるの。紫紺様だからじゃない。それなのに、波琉の価値で競うような真似したくなんてない」

まるで互いのアクセサリーを見せびらかしてどちらが高価か競うようなやり方に吐き気がする。

「今ものすごくなにかに八つ当たりしたい気分です……」

湧き上がるなんとも言えない不快感に耐えていると、蒼真がわしゃわしゃとミトの頭を撫でた。

「わわっ、なんですか？」

「……お前はいつまでその気持ちを持ったままでいられるんだろうな」

どことなく悲しげな蒼真の眼差しにミトはなにも言えなくなる。

「今の気持ちを絶対に忘れるなよ」

「しばらくは忘れませんよ、こんな不快な気持ち！」

くくっと、蒼真は今度は声をあげて笑った。
「そうかそうか」
屋敷に着くや、ミトは波琉の部屋を目指した。
長い長い廊下を爆走しようとも怒られたりはしない。この屋敷で波琉の伴侶である
ミトに物申せるのは波琉だけなのだ。まあ、両親と蒼真は別にしてだが。そこへ、黒
猫のクロが通りかかった。
『あっ、ミトおかえり。あのね――』
「ごめんね、クロ。後でね」
ただ早く波琉の顔が見たかったミトは、なにかを話そうとしていたクロに足を止め
ることなく通り過ぎた。
『人間は忙しないわねぇ』
猫ながら達観したような言葉を発するクロは、『まあ、そのうち来たら分かるから
いいか』と意味深な言葉を口にしてミトとは反対の方へと歩いていった。
ミトは大きな足音を立てながら波琉の部屋まで走ると襖を勢いよく開いた。
「波琉、ただいま！」
とりあえず今すぐ波琉の顔を見たいと勢いよく飛び込んだはいいものの、部屋にい

たのは波琉だけではなかった。

長く伸びた赤毛に、赤の混じった茶色い瞳。波琉よりもわずかに年上に見える青年は、見ただけで人間ではないと分かった。

まとっている空気が人間とは違うのだ。まるで波琉に似た強いオーラのようなものを感じる。

蒼真がここにいたら、それは神気だと説明してくれただろうが、あいにくとここにはミト以外には波琉と男性しかいない。

思わぬ来客の存在に、ミトは動きを止める。

「ご、ごめんなさい！　お客様がいるとは思わなくて」

ミトは慌てて部屋を出ようとしたが、波琉は笑顔で止める。

「大丈夫だよ。こっちにおいで」

「いいの？」

「うん。そもそも彼はミトを見に来たようなものだからね」

「私？」

ミトは疑問符を浮かべながら波琉の隣に座る。

男性と向かい合う形になり、嫌でも男性の姿が視界に入ってくる。じっと見つめるのは失礼だと目の置き場に困った。

男性は突然入ってきたミトに嫌な顔をせず、柔和な笑みを浮かべていた。

「えっと……。波琉と同じ龍神様……で合ってる？」

確認するべく問えば、波琉はよくできましたと褒めるようにミトの頭を撫でた。

「そうだよ。彼は久遠。伴侶を見つけた僕にお祝いをしに来たんだよ」

ミトの心の中で〝久遠〟という名前が引っかかったが、喉のすぐそこまで出てきそうで出てこない不快さを感じる。

「……なんだっけ？」

「なにが？」

「名前をどこかで聞いた気がしたんだけど、たぶん気のせいだから大丈夫」

ミトは小骨が刺さったままのような気分だったが、気のせいで済ませることにした。

「ミト様と申しましたかな？　このたびはおめでとうございます」

そうして頭を下げる久遠にミトは慌てふためく。

「頭を上げてください！　龍神様にそんなことをさせたと蒼真さんが知ったら、きっと叱られます」

「蒼真とは？」

「僕の神薙だよ」

首をかしげる久遠に、波琉が説明を付け加えた。

「神薙ごときが、紫紺様の伴侶となられる方を叱るのですか？」

信じられないという顔で眉をひそめる久遠に、波琉はクスクスと笑う。

「蒼真は僕に対しても遠慮がないからねぇ。叱るぐらいはするかもね」

「人間ですよ？　立場はわきまえさせなければ」

「蒼真はいいんだよ。僕がそれを許してるからね。大人しくなった蒼真なんておもしろくもなんともないし」

久遠になんと言われようと、波琉が意志を変えることはない。

蒼真もまさか龍神でも位の高いふたりが自分の話をしているとは思うまい。

「しかし、不敬でしょう」

「久遠は真面目だねぇ。そういうところはほんと瑞貴と似てるよね。王の補佐や側近は皆真面目すぎるよ」

「あなたが寛大すぎるのだと思いますよ」

久遠はやれやれというように肩をすくめる。

「ふたりとも仲がいいのね」

思わず口に出したミトの言葉を、波琉も否定しない。

「まあ、そうだね。彼は僕とは別の王の側近でもあるから、天界でも会う機会が多くてね」

やはりなにか忘れている気がしてならない。

首をかしげて考え込むミトに、波琉が思い出したように問いかけた。

「そういえば学校はどうだったの？　楽しめた？」

「ぐっ……」

ミトは言葉に詰まって、そっと視線を逸らした。

「なにかあったの？」

途端に心配そうにする波琉に申し訳なくなりながら、ミトは今日の出来事を話すことにした。

「なんかすごいところだった……。花印を持った子が集まる特別科ってのがあるんだけどね、そこには龍神に選ばれた子がふたりいて、それぞれ派閥を作ってバチバチやり合ってるみたいなの」

思い出すだけでも気疲れしてくる。

「私にも派閥に入ってくれって頼まれた」

「入るの？」

「まさか」

入るつもりは微塵《みじん》もない。けれど、どうやって避けようかと悩んでいる。

「普通に断って納得してくれるかなぁ」

明日もきっと派閥に勧誘されるのではないかと、考えるだけで頭が痛くなりそうだ。

「そんなに問題なの？」

「美波皐月って子がすごく我儘で、被害に遭ってる子が多いみたい。私も目をつけられないように気をつけとかないといけないかも。もうひとりの桐生ありすって子は真面目そうな感じだったけど、結局やってることは同じだよなぁって思っちゃって、なんだかモヤモヤする。どっちも龍神頼りなんだもん」

ミトが話すに従い空気がヒヤリとしていることに本人だけが気づいていない。

「久遠」

にっこりと笑っているようでいて目が笑っていない波琉に、久遠が深々と頭を下げた。

「面目次第もございません」

「どういう教育をしてるのかな？　万が一にもその子がミトになにかしたら、僕は絶対に許さないよ？」

「承知しております。皐月には私からきちんと言って聞かせます」

「頼んだからね？」

温厚な波琉の怒りを感じ取ったミトは、戸惑いながら波琉と久遠を交互に見つめる。

「波琉？　どういうこと？」

「今ミトが名前を出した美波皐月という子は久遠が選んだ伴侶なんだよ」

「あぁー！」

そこでようやく久遠の名前と、昼間雫から聞いた皐月の相手である龍神の名前とが合致した。

「そうだ、確かに金赤の王の側近って言ってた」

目の前の彼がそうなのだとようやく理解したミトは驚きでもって見つめた。

よくよく見れば、彼の手にある花印は見覚えのある形をしている。皐月にあったものと同じ印だ。

「皐月が迷惑をかけたようで申し訳ない」

「いえ、私はなにもされてはいないので」

「そうですか。紫紺様の選ばれた方になにもなくて安心しました」

ほっとした顔をしつつも、すぐに久遠の顔は険しくなった。

「どうやら帰っていろいろと話をせねばならぬようです。本日はこれにて失礼いたします」

「うん。よくよく立場を理解させるんだよ」

のんびりとした話し方だが、波琉の眼差しは紫紺の王という名にふさわしい強いものだった。

　一礼して久遠が帰っていった後、ミトは自己嫌悪に陥っていた。

「あー、なんかやだなぁ」

「なにが？」

　波琉は「よいしょ」と言いながらミトを持ち上げて膝の上に乗せる。

「だってさっきの、告げ口したみたいじゃない」

「本当のことなんだから問題ないよ」

「確かに嘘は言ってないけど、波琉も久遠さんも、波琉の伴侶である私になにかしないようにって動いてくれたわけでしょう？」

「そうだね」

　波琉は迷いなく頷く。

「なんか波琉の威光をちらつかせて言うこと聞かせたみたいじゃない。私は波琉を利用して偉ぶりたくないのに」

　偉いのは波琉であって自分ではないという思いは、どうしたって変わらない。

「そんなことを気にしてたの？　ミトのためならいくらでも僕を利用してくれていいんだよ」

「そんなのやだ！　私は波琉とは対等でいたいの。波琉は勝ち負けを決めるための道具じゃないんだから。もし利用するなんてなったら、私はきっと自分が許せなくなるもの」

だから絶対に嫌だと、まるで駄々っ子のように告げる。

するると波琉はこれまでにないほどに優しい眼差しで微笑んだ。

「ミトはいい子だね。素直で汚れていなくて真っ白だ。いつまでそのままのミトでいてくれるのかな？　でも、たとえ汚れてしまっても、それはそれで見てみたい気がするな」

ニコニコと機嫌がよさそうに波琉はミトの頭を撫で、その手をミトの頬に滑らせる。

そして、ゆっくりと顔を近付け、額に軽く触れるだけのキスをした。

いやらしさのない、まるで親が子にするような親愛を含んだ口づけだったが、ミトは頬を赤く染めた。

「うーん、これでも赤くなっちゃうの？　正直足りないんだけどなぁ」

「た、足りないってなにが!?」

「まあ、いろいろと。言葉にしちゃうとミトがパニック起こしちゃうからやめておこうね？」

その言葉ですでにパニックを起こしそうである。

「そうそう、蒼真からもらった雑誌は読み終えたから、明日学校帰りにデートしようか？」

「えっ、本当に!?」

「うん。ミトの行きたそうなところはバッチリ頭の中に入れたよ」

「どこに行くの？」

問うと、波琉は不敵に微笑んだ。

「それは行ってからのお楽しみ。その方がドキドキを味わえるからね」

波琉とのデートが待っているというだけで、明日の憂鬱な学校を楽しい気持ちで過ごせるだろう。明日が早く来ないだろうかと、ミトは期待に胸躍らせた。


翌朝、学校終わりに波琉とデートできるとあって朝からご機嫌のミトは、今にも鼻歌でもしそうな様子で波琉の部屋を訪ねた。

学校へ出かける前の挨拶をするためだ。

「波琉、開けるね」

中から返事が来る前に襖を開けると、ちょうどスパーン！と小気味よい音を鳴らして波琉が土下座している尚之の頭をハリセンで叩いているところだった。

「えっ？」

笑顔のまま固まるミトに気づかず、尚之は顔を上げて再度懇願する。

「紫紺様、これでは足りませぬ。私めにはもっときつい一発をお見舞いしてくださいませ！」

覚悟を決めたように頭を差し出す尚之に向けてハリセンを振り上げた波琉を、ミトが慌てて止める。

「波琉！　なにしてるの!?　尚之さんがなにしたか分からないけど、叩いたりしたら駄目だよ！　お年寄りは大切にしないとっ」

ハリセンを持つ波琉の手を掴んで叱るミトに、波琉は困ったように眉を下げる。

「仕方ないんだよ、ミト。僕だって本当はこんなことしたくないけど、これは尚之が望んだんだ」

苦渋に満ちた表情でハリセンを握りしめる波琉は、ミトを引き離してハリセンを両手で持ち直す。

「ミト、どいてるんだ。尚之にはこれが必要なんだよ」

「波琉やめて！」

「よいのです、ミト様。これは私が受けねばならぬ試練なのです」

「そんな、尚之さんっ」

そこに蒼真が入ってくる。

「……なに三文芝居やってんだ」

心底あきれたように「アホか」とツッコむ蒼真に、尚之がくわっと目をむく。

「邪魔するでないわ！　今は大事な日課の最中なのだ」

「ミトが勘違いしてるだろうが、くそじじい。ミト、お前はこっち来てろ」

ちょいちょいと手招きされ、ミトは波琉と尚之を気にしながら蒼真に近寄る。

「紫紺様、とっととやっちゃってください」

「分かったよ……」

波琉は嫌そうにため息をついてから、尚之の頭目がけてハリセンを振りかぶった。

スパーン！とこれまた盛大な音を立てると、叩かれた当の尚之はそれはもう嬉しそうに頬を染める。

「んふふふ。ありがとうございます。今日もこれで元気よく過ごせますです」

尚之は深々と座礼をしてから、スキップをするように部屋を出ていった。

「どゆこと？」

なにか失態を犯した尚之がお仕置きでハリセンで叩かれているとミトは想像していたのだが、それにしては尚之はすごく嬉しそうだった。

交互にふたりの顔を見るミトの前で、波琉と蒼真は深いため息をついた。

「さっきのはただのじじいの日課だ」

「ハリセンで叩かれるのが？　なんで？」

蒼真は身内の恥を晒《さら》すように言いづらそうにしながらも口を開いた。

「紫紺様にハリセンで叩かれるとな、死んだ毛根が生き返り、肌つやがよくなって若返ると言われてるんだ」

「なんですか、それ？」

「知らねぇよ。紫紺様いわく、ハリセンと紫紺様の相性がよかったから神気が漏れて影響が出たんじゃないかってことらしい」

波琉に視線を向けると、困ったように笑っていた。

「僕にもよく分かってないんだよねぇ。なんでかそんな効果が出ちゃって」

「でだ。そんな効果を偶然にも発見したじじいが、若かりし毛根を取り戻すべく毎日叩いてくれるように紫紺様にお願いしてるってわけだ。紫紺様も人がいいから、じじいの我儘に付き合ってくださってるんだよ」

「決して僕が率先して尚之をいじめているわけじゃないからね。そこは勘違いしないでね」

ミトに誤解されたくない波琉は、必死で言い訳する。

若返るだなんて、にわかに信じがたい。けれど、波琉も蒼真も嘘を言っているようには見えない。

ミトがまだ疑っているのがその表情で分かったのだろう。蒼真が付け加える。

「神薙の間じゃあ、かなり有名な話だ。だから、俺を通して紫紺様にハリセンで叩いてくれないかって依頼がすげえ多いんだよ。まったく、毛が生えてきたのを喜んだじじいが本部で他の神薙に自慢したせいだ」

やれやれという様子の蒼真に、ようやくミトも納得した。

「じゃあ、私も波琉に叩いてもらったら若返る？」

「ミトを叩くなんて僕は絶対にしないよ」

「お前にはまだ必要ねえだろ」

波琉と蒼真が次々に言い募る。

確かにまだ十代のミトに若返りの効果も毛生えの効果も必要ないだろう。

しかし、最近顔の皺を気にしている志乃が聞いたら、迷わず波琉にハリセンを渡すに違いない。

「お前ももしなんか言われたら断っとけよ。きりがないからな」

「分かりました。でも、先生と違って学校の子は、紫紺様が町にいることを確信してなかったみたいです。『いるらしい』みたいな感じだったから」

「あー、まあ、神薙と関わりもある教師と違って、生徒や一般人には詳細な情報は回りづらいからな。紫紺様は屋敷から出ないから実際に見た人間も少ないし、確証のない噂程度でしか広まらないんだろ。けど、お前がいる以上、今後は噂じゃなく確かな事実として周知されるはずだ」

「そっか……」

苦い顔をするミトに、蒼真は気づく。

「なんか問題か？」

「昨日も言ったじゃないですか。学校で派閥ができてるの。もし私が波琉の相手だって分かったら、巻き込まれないかなって……」

蒼真もミトの懸念を理解した。

「まあ、まず巻き込まれるだろうな」

「やっぱり……」

がっくりと肩を落とすミトは、あきらめるしかないかと考える。

「なんかあったら紫紺様に助けを求めればいい」

「それがやなのに……」

波琉の力をできれば使いたくないミトは、可能な限り避けようと心に誓った。

そうして気合いを入れて学校へ着いたミトは、ドキドキしながら教室へと入った。

すると、入るやいなや激しい怒声が聞こえてくる。

なぜか久遠の相手である皐月が、もうひとりの派閥のトップであるありすに向かって怒鳴り続けていた。

朝っぱらから何事かと目を丸くするミトはその場で立ち尽くしてしまう。

「あんたのせいよ！」

ひどく興奮した皐月を、クラスメイトである男子生徒数人がかりで止めていた。女子生徒ではあまりの勢いに負けてしまうからだろう。

「私は知らないと言っているじゃないですか」

皐月と向かい合うありすは、皐月とは反対に冷静に返している。

皐月はその冷静さが逆に癪《しゃく》にさわるとでも言わんばかりの形相で飛びかかろうとしていたが、男子生徒のおかげでありすにまで手が届かない。

ミトが教室内に入ることをためらっていると、教室の後ろに集まっている生徒の中に雫を発見する。

派閥に入るのを勧められてから苦手意識を持ったミトだが、現状を教えてくれる知り合いは雫しかいないので足早に近付いていく。

「おはよう、ミト。朝から災難よね」

「なにがあったの？」

お互いヒソヒソと声をひそめる。

「正直私にもよく分からないんだけど、ありすさんが登校してくるや皐月さんが突然喧嘩ふっかけたのよ。あれはもう難癖と言っていいかもしれない」

「難癖って？」

「皐月さんが学校での生活態度を久遠様に叱られたそうなのよ。自業自得だし、ざまあみろって感じだけど、それをありすさんが告げ口したせいだって怒り始めてね。ありすさんはそんなの知らないって言ってるのに聞く耳持たなくて、さすがに手が出そうになったから男子が皐月さんを押さえてるって状態」

雫の話を聞いていたミトは、冷や汗が流れ出しそうだった。

「あんたが久遠様に余計なこと言ったんでしょう!? そのせいで私はお叱りを受けたんだから！」

「ですから、私は知りません。普段から問題行動が多いから叱られたのでしょう？自分が悪いのに人のせいにしないでください」

「なんですって!? 格下のくせに生意気言ってんじゃないわよ！」

「なにかあるとすぐにそれ。同じことしか話せないんですか？」

端から見ていたらどちらが年上か分からない。

三つも年下の少女に負かされている。皐月はただ声を荒げるだけで、なんの証拠もなく決めつけていた。

ミトはふたりのやりとりを耳にするたびにここから逃げたくて仕方なかった。

元凶はありすではなく絶対にミトである。ありすは完全にとばっちりだった。

どうしよう……。

ミトは途方に暮れた。

「まったく、ぎゃあぎゃあと騒いではしたない。そんな風に癇癪《かんしゃく》持ちだから、久遠様に選ばれたにもかかわらず、あなたを支持する生徒が少ないのですよ」

「周りに媚びて人を集めるなんて、そっちこそはしたないんじゃないの？　そういえばあんたのとこの派閥は男も多いじゃない。体でも使ったのかしら？」

意地が悪そうに口角を上げながら、皐月は己を押さえているありすの派閥の男子生徒に視線を向けた。

これに黙っていられなかったのは、ありすの派閥の女子生徒である。

「ありすさんはそんなことしないわよ！」

「そうよ、そうよ！　実際に男子だけじゃなくて、私たちだってあなたよりありすさんの方がいいもの！」

反論された皐月は、声を発した女子生徒たちをにらみつける。

「雑魚は黙ってなさいよ。しょせん龍神様にも迎えに来てもらえない用なしが！　あんたたちと私じゃ立場が違うのよ。私はいずれ久遠様と天界へ行くんだから」

女子生徒たちは悔しそうに唇を噛《か》みしめている。

彼女たちが龍神に選ばれず、皐月が選ばれたことは事実なのだから、その差はどうあっても縮められない。

「あら、反論できない？　桐生さんほど身のほど知らずってわけではないみたいね。あんたたちもそいつより私についた方がいいわよ。どう転んだって久遠様に勝てるわけがないんだから」

あはははっと高笑いをする皐月に、ミトは知らず知らずのうちに眉をひそめていた。虎の威を狩る狐《きつね》のように、さも自分が偉いように振る舞う。それはミトが嫌っていた真由子を思い出させる。

彼女も村長の威光をちらつかせて取り巻きを作り、ミトを虐げていた。にらみつけるように皐月を見ていると、ふとこちらを向いた皐月と目が合った。

皐月はニヤリとした笑みを浮かべ、ミトに近付いてくる。

「ねえ、あなた転校してきた子よね？　転校してきたばかりだけど、状況は分かるわよね？　あなたは私と桐生さんと、どっちにつくの？」

自分につくのが当然と疑っていない様子の皐月に、ミトは冷めた眼差しを向ける。面倒だと昨日から思っていたが、この皐月の言動に心が定まった。

「私は誰にもつかないわ」

「なんですって？」

決して心が揺れることなく、はっきりと告げた。

「龍神の後ろ盾がなかったらなんにもできない。龍神のおかげで多くの待遇を受けられているのに、それを自分の我儘のために利用してるあなたにつくなんて絶対に嫌よ」

皐月は怒りを抑えているようにヒクヒクと口元を引きつらせながら説明する。

「あなたは新参者だから知らないんでしょうけど、わ、私は金赤の王の側近である久遠様に選ばれた伴侶なの。この町で私に逆らえる人間なんていないんだから」

皐月からはわずかな動揺が見えた。

だが、そんなものミトには知ったこっちゃない。

自分はもう誰かの顔色を見て生きるのはやめるのだ。

「だからなに？　それは久遠さんが偉いだけで、あなたはなんにも偉くないじゃない」

「なっ！」

「そんな虎の威を狩るような真似をして恥ずかしくないの？　自分はなんにもできませんって触れ回っているようなものじゃない。もう一度言うけど、あなた恥ずかしくないの？」

しんと静まり返った教室内。ミトにきっぱりと告げられた皐月は、怒りからなのか体を震わせて顔を赤くしている。

普段皐月に反抗心を抱いているありすの派閥の生徒も、驚いた顔で言葉を失っている。

きっと久遠の伴侶である皐月にこんな風に物申した者はいなかったに違いない。

ありすですら、一応は言葉を選んでしゃべっているようだった。バックにいる久遠を警戒していたのだろう。

ありすも驚いたように目を大きく見開いている。

「ふ、ふざけるんじゃないわよ。私にそんな口をきいて後で後悔するんだからね！久遠様に言いつけてやるわ！」

「どうぞ、お好きなように」

昨日会った久遠は、皐月の我儘を告げた時に恥じ入るかのようにしていた。龍神ではあるが、人間の常識も持ち合わせた人だと感じたのだ。

きっと皐月が事実をねじ曲げてなにかを言ったとしても、ちゃんとした判断ができる方だから大丈夫だと、ミトは自信を持って皐月に反抗する。

「久遠さんがあなたの言葉を信じてくれるといいですね」

最後の嫌みも忘れない。

皐月は我慢ならないと怒りをぶつけるように、近くにあった机を蹴り飛ばしてから教室を出ていった。その後を皐月の派閥の人間だろう生徒が追いかける。

ただでさえ少ない特別科の生徒が三分の一減った状態で、チャイムとともに担任の草葉が入ってきた。

昨日は騒がしかったホームルームは嘘のように静まり返り、草葉はなにがあったんだと困惑しているようだった。


昼休み、食堂へ行くと。

「あの子だよ。皐月さんからのお達しがあった奴」

「いくら特別科だからって皐月さんに逆らうとか馬鹿なのか?」

「龍神に選ばれたありすさんならまだしもさぁ」

「あの子、消されるんじゃないの?」

そんな陰口が聞こえてくる。

聞こえてきている時点で陰口ではなくなっているが、それはまあいい。

一限目の後、二限目の担当だった草葉がやってくるや、『あなたの噂が出回ってますよ』と教えてくれた。

ミトに散々な言われようをした皐月が、ミトと仲良くしたら許さないという、まるで子供の癇癪のような話を流していたのだ。

皐月の派閥の生徒により一気に拡散したこの話は、特別科だけでなく普通科にまで周知されてしまった。

なので、昨日とは違う理由でミトは話題の的だった。それも、あまりいい意味ではなく。

食堂でパンを買って席を探していると雫と視線が合ったが、すぐさま逸らされた。派閥への勧誘があったために雫を苦手だと思っていてなんだが、そんなあからさまに避けられると地味に傷つく。

ありす派を公言し皐月に不満を抱きつつも、ありすのように皐月に逆らうことはできないらしい。

反撃を恐れて我が身を守ってしまうのを責められない。ミトとて、村長からの仕返しを恐れて真由子には逆らえなかったのだから。

ミトがなにかを言える立場ではない。でもなんとなく寂しい気持ちになり、無性に波琉に会いたくなった。

「早く授業が終わらないかな……」

そうすれば波琉が迎えに来てくれる。

初めての放課後デートだ。きっと楽しいに違いない。

どこに連れていってくれるのだろうかと、そんなことを考えて気を晴らした。

食堂はなにかと視線を集めてしまうので、人のいない庭でひとり寂しく食べていると、遠くからなにやら小さい点がたくさん見えた。

「なんだろ？」

青い空にある小さな点は次第に大きくなり、それとともに鳥のさえずりが聞こえてきた。しかも一直線にミトのところまでやってくるではないか。

よくよく見ると、スズメの大群だった。

ぎょっとするミトに向かってくるスズメの集団は近くの大きな木に止まり、チュンチュンとさえずっている。

その中から一羽がミトの座るベンチに降りてくる。

それは村でなにかとお世話になったスズメだったので、ミトは目を見張った。

『ミト〜、やっと会えたわね』

「えー！　どうしてここに？」

『あの村にはミトがいなくなっちゃったから、皆を連れて引っ越してきたのよ』

「引っ越しって……。ずっと暮らしてた場所を離れていいの？」

まさかクロやシロのように自分についてくるなんて思ってもいなかったミトは心底驚いた。

『いいのよ〜、皆もミトと一緒がいいって言ってるから』

そうだそうだと同意するように、そばの木からスズメたちのチュンチュンという合唱が聞こえてくる。

『それに、村のその後もミトに教えたかったし』

「なにかあったの？」

村は波琉により家が壊されたことしか知らない。

その後どうなったかは、ミトもすっかり頭の中から消えていたので蒼真に確認したりもせずにいた。

忘れたというより、ここでの生活があまりに充実していたから考える暇がなかったという方が正しいかもしれない。

『なんか警察がいっぱい来てね、村長やミトの家族をハブってた大人たちを捕まえて連れていっちゃったのよ』

「そうなの!?」

『うん。なんか、花印を持った子供を隠して虐待してた罪だって。いろいろ騒いでたけど、ほとんどの村人が逮捕されちゃったわ。残念なのが、真由子とかミトと同年代の子は逮捕されなかったのよね。子供のしたことって判断されたみたい』

「じゃあ、真由子は変わらず村にいるんだ」

真由子に一番いじめられていた過去を思うと、罰がないのは少し複雑だった。

けれど、スズメは否定する。

『変わらずってことはないわよ。だって家は半壊して、まともに住める状態じゃないし、頼れる大人は全員連れていかれちゃったんだもん。逮捕されるよりよっぽど罰になってるかもしれないわね。ざまあみろよ』

スズメは楽しそうにチュンチュンと飛び跳ねる。

「確かにそう言われてみればそうかもしれない」

村長たちは人間の法でしかるべき罰が与えられるのかと、ミトはなんだか感慨深くなった。

すべてが終わった過去なのだと感傷に浸るミトの耳に、不快な声が届く。

「あら、誰にも相手にされなくなって鳥とおしゃべりしてるわよ。あはは」

馬鹿にするような笑い声に振り返ると、皐月が取り巻きと一緒になってこちらを見ていた。

「鳥に話しかけるなんて頭おかしいんじゃない？」

「やだ、皐月さんったら。皐月さんにあんな暴言を吐く時点で頭がおかしいのは分かってるじゃないですか」

「ふふふっ、それもそうよね」

クスクスとミトを見て嘲笑う皐月たちに、懐かしいなとミトは遠い目をした。

村ではこんなやりとりは日常茶飯事だった。中心人物が真由子から皐月に変わっただけである。

こういう輩の対処法は知っている。無視するのが一番相手に堪えるのだ。なにせ相手は反応を見たくてしているのだから。

案の定、ミトが知らんぷりをしていると、皐月の怒った声が聞こえてきた。

「この私が話しかけてあげてるのに無視するなんて何様のつもりなの!?」

知らんがなと、ミトは心の中でつぶやく。勝手に騒いでいてなにを言っているのか。

「なんとか言いなさいよ!」

ズンズン近付いてくる皐月に、ミトのそばにいたスズメの目が剣呑《けんのん》に光る。

「チュンチュン!」

普通の者には鳴き声でしかなかったが、ミトには『いっせい投下!』と聞こえていた。

すると、木で休んでいたスズメたちがいっせいに飛び立ち、皐月の上空から雨のようにフンを落としていったのである。

「きゃあぁぁ!」

「やだ、なによ!」

「いやぁぁ!」

阿鼻叫喚《あびきょうかん》の皐月と取り巻きはあっという間にフンまみれになり、騒ぎながら逃げていった。

ちょっと……いや、かなり不慣だ。

あれはもう、午後の授業は受けられないだろう。

スズメは皐月たちを退場させると、どこかへ飛び去ってしまう。

「どこ行ったの？」

その問いには、一羽残った馴染《なじ》みのスズメが答える。

『ミトの暮らしてる屋敷に行ったのよ。あそこは森みたいに木々もたくさんあるから一時的にそこを住処にするわ。その後は各々町の好きな所に移動すると思うけど』

どうやらすでに下調べは終えているらしい。

「そっか。助けてくれてありがとう」

『それは別にいいけど、ミトったらここでもいじめに遭ってるのね』

「あはは……」

ミトは返事に困り、笑うしかなかった。

『でも私が来たからには大丈夫よ。ミトがいじめられたら、今度は私が投下してやるんだから』

意気込むスズメに、ミトはほっこりとした。

頼もしい味方が増え、ミトの生活はさらに賑やかになりそうだ。

本日の授業を終えるチャイムが鳴る。待ちに待った瞬間にミトの頬は興奮でわずかに紅潮していた。

ホームルームが終わるや、一番に教室から飛び出す。あまりの早さに皐月が難癖をつけてくる隙もない。

しっかり午後の授業も受けているなんて、案外図太い。

髪も制服も綺麗になっていたので、どこかでシャワーでも浴びたのだろう。

学校には運動部のためにシャワーもあるようだから。

玄関では特別科の生徒を迎えに来た車で列ができていた。

普段ならば、龍神に選ばれた皐月、ありすの車が格の順に玄関に近い位置に並んでいるはずだった。けれど、今日はミトの車が先頭に停まっている。

理由は言わずもがな。現在、龍花の町で誰よりも尊い波琉が車に乗っているからだ。

けれど、その前におそらくなにかしらの問題があったのだろう。蒼真が車の外で目を光らせて、皐月とありすの車の運転手を威嚇していた。

運転手たちはビクビク怯えているので、蒼真がヤンキーのごとく威圧したに違いない。

ご愁傷様としか言いようがないが、神が乗っている車に喧嘩を売ったり文句をつけたりすれば処罰があってもおかしくない。

そうこうしていると他の生徒も車の順番の違いに気がついたようで、なにやらヒソヒソと話している。

おそらく、皐月でもありすでもない車の主は誰だと噂しているのだろう。

そんな中でミトが先頭の車に向かうと、多くの視線を感じる。注目される真っただ中を歩いてフルスモークの車に乗り込めば、視線は気にならなくなった。

車の中にはミトが待ち望んでいた波琉がにこりと微笑んで、手を広げ待っている。

「ミト、お疲れ様」

「波琉」

おいでと言われる前に波琉に飛び込めば、優しく腕に包まれミトはほっとする。

大きな巨木のようにどっしりとした安心感。神聖で、温かみのある波琉ならではの特別な空気は、誰にも真似できない。

ミトは波琉でいっぱいにするように大きく息をした。香水などはなにもしていないのだが、いつも波琉からは花の香のような匂いがする。

よくよく思い出してみると、夢の中に一面に咲いていた花の香りだった気がするが、夢を見なくなった今はもう確認しようにもできない。けれど、そんなものはどうでもいい。こうして夢ではなく波琉が抱きしめていてくれるのだから。

「ねえ、波琉。その格好どうしたの？」

波琉はいつも屋敷で来ている和服ではなく、人間と同じ薄水色のドット柄のシャツに紺色のパンツを着ている。草履ではなく革靴を履いているのも新鮮だ。

「せっかくの制服デートだから、ミトに合わせてみようと蒼真に用意させたんだ。変かな？」

「全然！　すっごく似合ってる！」

似合いすぎていると言っても過言ではない。いつもの和服は波琉の神聖な雰囲気に合っていたが、普通の人間が着る現代風の洋服は親しみやすさが増して波琉が近くなったように感じる。まるで雑誌に載るモデルのようだ。

いつもと違う雰囲気に、ミトはドキドキとしてしまう。

「今日はミトが喜ぶところにいろいろ行ってみようね」

「どこに行くの？」

「行ってからのお楽しみ。蒼真、よろしくね」

助手席に座っている蒼真に向かって、波琉はにっこりと笑う。どことなく圧を感じるのは気のせいだろうか。

「はいはい。ちゃんと手配は済んでますよ～」

おざなりな返事をしながら、蒼真はなにやらスマホをずっとさわって文字を打ち込んでいるようだった。

しばらくすると車が止まり、蒼真が先に出て、後部座席に座るミト側のドアを開ける。

その流れるような動作にミトは目をキラキラさせる。

「蒼真さん、執事みたい！」

波琉と同じく今日はいつもの神薙の装束ではなくスーツを着ているから、なおさらそう感じる。

燕尾服《えんびふく》ならもっとよいのだが。

「神薙は一応執事の教育も受けるんだよ。龍神様方のお世話をするから似たようなものだしな。喜んでないでとっとと降りろ」

動きは執事だが、口を開くとすべてが台なしなのが残念だ。

「はーい」

蒼真に手を借りて車を降りると、なんとも女性が好みそうなかわいらしい色合いのお洒落なお店の前だった。

しかしなんの店かは分からないでいると、ミトに続いて車を降りた波琉がミトの手を引く。

「ここが波琉の行きたいお店？」

「うーん、正確にはミトを連れてきたかったお店かな」

首をかしげつつ店の中に入ると、なんの匂いだろうか。石鹸《せっけん》のようなとてもいい香りが店中に満ちていた。店内には鏡がいくつも壁にあり、鏡に向かって椅子がたくさん並んでいる。

「いらっしゃいませ～」

にこやかにお辞儀する店員の女性は「こちらへどうぞ」と椅子の方へミトを案内する。

戸惑って動かないミトの手を引いた波琉は店員が待つ椅子に座らせると、店員はミトの肩周りを覆うようなケープを首に回しつけた。

「えっ、波琉？　ここはなんのお店？」

どうしたらいいのかと困惑するミト。

「美容室だよ」

問いに対する答えを聞くと、途端にミトの目が大きく開き輝き始めた。

「ここが⁉」

「ミト、来たいって言ってたでしょう」

これまでミトの髪は母親である志乃が切っており、一度もお店でカットしたことがない。切るといっても志乃にプロのような技術があるはずもなく、長さを合わせる程度でしかなかった。

それゆえ、野暮ったさのあるミトの髪。テレビで紹介される美容室などを見ながら、ミトは憧れを抱いたものだ。

だから、蒼真から渡されたガイドブックに美容室があるのを発見した時は目が釘付《くぎづ》けになった。

自分もこんなお洒落なお店でカットしてみたいと。

しかし波琉に興味があるとは思えず口には出さなかったのに、彼はミトの小さな仕草に気づいたというのか。

美容室に来られたこともだが、ミトの心に気づいてくれたことがなにより嬉しい。

「デートの前にかわいくしてもらうといいよ。まあ、そうでなくてもミトは十分かわいいんだけどね」

「は、波琉」

恥ずかしげもなく褒める波琉に、ミトは頬を染める。店員がなんとも微笑ましい眼差しを向けてくるのが、余計に気恥ずかしい。

「これからデートなんですね。精いっぱい頑張らせていただきますよ～。まずは、カタログを見ながらお好みのスタイルを探してみましょうか」

店員はたくさんのヘアカタログを持ってきてくれた。

それに目を通しながら、あれがいいこれがいいと話し込んでいるミトを、少し離れたところから波琉は嬉しそうに見つめていた。

髪の長さはそれほど変えず、綺麗にまとまるようにカットしてもらい、最後にデートと聞いた店員が編み込みをしてこれまでしたことのないヘアアレンジをしてくれた。

「わあ、すごい……」

思わずそんな言葉が口から漏れた。

全身が映る鏡の前で右を向き左を向き、後ろを向いたところでソファーに座って待っていた波琉と視線が合う。

「波琉、どう？」

「さらにかわいくなったよ」

ミトははにかむように笑う。

村を出てからそう日は経っていないのに、波琉はたくさんの経験をさせてくれる。

ミトの心を満たすのは、大きな幸福感と波琉への感謝。

この気持ちをどう伝えたらいいのだろうか。自分は波琉になにも返せないというのに。

ミトは波琉に近付いて手を握った。

「波琉、私どうしたらいい？　すごく幸せなの。髪を切ったぐらいって波琉は思うかもしれないけど、言葉で言い表せないぐらい嬉しくて仕方なくて……。それだけじゃない。スーパーに行けたのも、学校に通えるのも、全部波琉が村から助けてくれたからよ。どうやって波琉にお礼したらいいのか分からない……」

波琉には手に入らないものなんてないのだろうし、自分がしてあげられることはないとミトは落ち込む。

「僕がしたいだけなんだから必要ないけど、もしお礼をしてくれるなら、ミトにはすごく簡単な方法があるよ」

「なに？」

「ずっとそばにいて。僕から離れないで。それがミトにしか与えられない僕の幸せだから」

「波琉……」

波琉はソファーから立ち上がり、ミトを引き寄せるとおでことおでこをくっつける。

「ミト。感情に疎い僕に命を吹き込んでくれた大切な人……。君が笑っていると僕も嬉しいんだよ。だからたくさんのことをしよう。ミトがこれまでできなかった経験を、この町でいろいろと実現しよう」

軽く触れるキスを額に落とし、波琉は泣きたくなるほど優しい笑みを浮かべた。

「デートはまだこれからだよ。次に行く場所も決めているんだ。ミトはケーキは好き？」

「好き」

ミトは期待に満ちた目をする。

「まさかっ」

興奮を抑えきれない様子のミトに、波琉はクスクスと笑う。

「カフェの予約を蒼真に頼んでおいたんだよ。今から行こうね」

「やったー。波琉大好き！」

喜びを爆発させ波琉に抱きつく。

「僕も大好きだよ。早く行こうか」

「うん」

カフェは現在地から近いというので、車には乗らず徒歩で向かう。

腕を組んで歩く姿はデートそのもの。

まあ、その周囲を蒼真やスーツ姿の男性たちが取り囲んでいるのでふたりきりとは言えないのだが、それでも波琉と出かけられるのは嬉しかった。

たどり着いたお店はミト好みのかわいらしい内装のカフェで、ショーケースには宝石のように輝く色とりどりのケーキが並んでいた。

「どうしよう。どれも気になる〜」

両頬に手を当ててジタバタするミトを楽しげに見つめる波琉は、店員を呼ぶ。

「とりあえず全部持ってきて」

「えっ」

ミトは『全部』という言葉に目を丸くして固まったが、店員はご機嫌で「かしこまりましたぁ」と店の奥に消えていった。

「波琉、そんなに食べられないよ」

「食べられなきゃ残せばいいよ。蒼真たちもいるしね」

確かに、蒼真や近くのテーブルに座る護衛の人たちを含んだら、全部食べられなくはなさそうだ。

「とりあえずひと口ずつ食べて、気に入ったのだけ食べればいいよ」

なんという金持ちの食べ方。

蒼真が隣のテーブルから「紫紺様、俺甘い物嫌いなんですけど」なんて言っていたが、波琉は黙殺した。

「お待たせいたしました〜」

にこやかな顔で両手いっぱいにケーキの乗ったお皿を持ってきた店員が、どんどんテーブルに乗せていく。

それをミトはひと口ずつ食べていき、残りは周囲のテーブルへと回されていく。

どれも美味しく、ミトが人生で初めて食べたものばかり。こんな贅沢を自分だけで楽しむのは忍びない。

「波琉、テイクアウトしてもいい？　お父さんとお母さんにも食べてもらいたいの」

「それもそうだね。じゃあ、全種類包んでもらおう」

「ふふっ、そんなにたくさん持ち帰ったらびっくりしちゃうね」

「ミトも一緒にまた食べればいいよ」

波琉の提案に、ミトは嬉しそうに頷いた。しかし、波琉が先ほどからひと口も食べていないことに気づく。

「波琉は食べないの？」

「あー、うーん」

食への興味がほぼないと言っていた波琉だが、最近はミトの家で食事をともにするようになって三食取るように変わってきた。しかし、甘い物を食べているのは見ていないかもしれないとミトは思い返す。もしかして苦手なのだろうか。

「ケーキも美味しいよ？　一度食べてみたら？」

「じゃあ、ミトが食べさせて？」

「えぇ」

波琉はいたずらっ子のような顔で口を開けた。ミトの反応を楽しんでいるのが分かる。

動揺しつつも波琉に食べてもらいたかったミトは、ためらいがちに彼の口にケーキをひと口差し入れた。

もぐもぐと口を動かす波琉をうかがう。

「どう？　美味しい？」

「うん。初めて食べたけど結構美味しいね。ミトが食べさせてくれたからかな」

なんとも嬉しそうに微笑む波琉。そのあまりにも色気を感じさせる笑顔にミトは言葉をなくす。

「じゃあ、次はそっちのがいいな」

「えっ、また？」

「ほら、あーん」

こうして波琉が満足するまで食べさせることになった。

端から見たらバカップルでしかない。あきれを含ませたなんとも言えない顔をしている蒼真の方を恥ずかしくて見られなかった。

こうしてデートを終える頃には、ミト以上に波琉の機嫌がよくなっていた。

屋敷に戻ると、その足で庭にあるミトの家へと向かう。もちろん波琉も一緒だ。

「ただいまー」

しかし、家の中に人の気配はない。

「あっ、ふたりとも今日からお仕事だっけ。とりあえず冷蔵庫っと」

買ってきたケーキを冷蔵庫に入れていると、コツンコツンと窓をスズメが突いていた。

冷蔵庫を閉めて窓を開ければ、スズメとともにクロも姿を見せる。

『ミト、待ってたのよ、どこ行ってたの？』

おかんむりなクロは留守を責める。

「ごめんね。波琉とデートしてたの」

『じゃあ、仕方ないわね』

あっさりと引き下がったクロだが、特大の爆弾を落としてくれた。

『そんなことより、スズメから聞いたわよ。あなた学校でいじめられてるそうじゃない！　せっかく村を出て真由子からも離れられたのに、真由子みたいな意地の悪い女に目をつけられてるんですって？　まさか手を出されたりしてないわよね⁉』

憤慨するクロはミトに詰め寄る。

端から見たらニャアニャアと叫んでいるようにしか聞こえないが、龍神である波琉はミトのように動物の話を理解できる。

それまで青空が広がっていたのに急に空模様が悪くなり、突然ドシャーンと雷が近くに落ちるとともに土砂降りになる。

びくっと体を震わせ驚くミトの肩が突然ポンと叩かれる。

振り返ると、すごみのある笑みを浮かべた波琉がいた。

「ねぇ、ミト、どういうこと？　いじめられてるってなに？　手を出されたの？」

怒鳴られているわけではないのに背筋がヒヤリとするのはなぜだろうか。

「は、波琉……。えっと……」

「ごまかしたりしたら駄目だよ？　ちゃんと説明してくれる？」

「は、はい……」

今の波琉に逆らっては駄目だと勘が働く。

「学校でいじめられてるの？」

「いじめられていると申しますか、なんというか……」

なぜかその場に正座して波琉の追求を受けていると、バタバタと玄関の方から足音が聞こえ、リビングに蒼真と尚之が飛び込んできた。

ふたりは、正座しているミトとその前にいる波琉を見てなにかを察したようだ。

「紫紺様、ミト様になにかありましたか？」

尚之が心配そうに近付いてくる。蒼真もやれやれという様子で後に続いた。

「おい、ミト。なにやりやがった？」

「なにゆえ私がなにかした前提なんですか。そもそも、どうして蒼真さんたちがここに？」

はなから悪いと蒼真に決めつけられ、ミトは不満げに唇を突き出す。

「外を見てみろ、すげー嵐だろうが」

外を見ると、大雨の上に風も強いようで雨が斜めに降っていた。窓ガラスに雨が当たって大きな音がしている。

時々鳴る雷に反応して、家の外から「キャイーン」と情けない叫び声が聞こえてくるが、きっとシロのものだろう。早くどこかに避難するのを願うばかりだ。

「こんな嵐を突然引き起こせるのは紫紺様ぐらいだ。前に言っただろうが。紫紺様の機嫌がそのまま天候に影響するから怒らせるなと」

「そういえばそんなこと言ってましたね。てことは、この嵐は……」

おそるおそる波琉に視線を向ける。にっこりと笑みを深くする波琉の顔が怖い。

「で、なんで怒らせたんだ？」

「わ、私はなんにもしてないですよ。ただ、学校でいじめられてるって話をクロがしちゃっただけで……」

「ああん!?」

「ひゃうっ」

今度は蒼真が怒りを露わにした。静かに怒る波琉とは違い、こっちは顔が般若になっている。

　思わずミトは頭を抱えた。

「どういうことだ？　説明しやがれ」

「私が悪いわけじゃないですよ！　ただ、学校で派閥ができてるって波琉にも蒼真さんにも話しましたよね？」

　波琉は思い出すように一拍沈黙した後、頷いた。

「うん。確か言ってたね」

「それがどうした」

「その派閥のどちらに入るのか派閥のトップにいる皐月さんて人に聞かれたけど、私はどっちも嫌だって言ったの。さらにちょっとばかし皐月さんに説教のようなこともしちゃって……」

　ミトは気まずそうに視線をさまよわせながら続ける。

「そしたら皐月さんが私と仲良くしたら駄目だって学校中の生徒に言い回ったらしくて、無視されるようになったの。でも、陰口みたいなのはされたけど、手は出されてないし、真由子に比べれば全然問題ない……」

　その瞬間、蒼真にデコピンされる。

「問題大ありだ、馬鹿やろう！　お前、村でいじめられてたせいで、そういうところが麻痺《まひ》してんだよ。手は出されてないだと⁉　生徒全員でハブりやがって、問題ないわけないだろうが！」

「えと、ごめんなさい」

「お前が謝んな！」

「はいぃ！」

ガンを飛ばしてくる蒼真にミトは身をすくめる。

ならばどうしろというのか。蒼真がミトのために怒ってくれているのは分かるが、少々理不尽だ。

「皐月ってのは美波皐月か？」

「そうです。知ってるんですか？」

「俺を誰だと思ってるんだ。神薙だったら伴侶に選ばれた人間の情報は頭に入ってる。しかもお相手は金赤様の側近である久遠様で、紫紺様がいらっしゃるまではあの方が龍花の町で一番位の高い龍神だったんだからな」

「へぇ」

波琉が龍神の王で一番位が高いとは知っていても、それ以前は誰が一番だったかなんてミトは知らない。

会ったことがある龍神も挨拶に来た久遠だけなのだから、情報が不足していた。

「にしても、久遠様のとこの伴侶か……」

蒼真はチッと舌打ちした。厄介だと言いたげな表情だ。

「どうされるんですか？」

蒼真からうかがうような視線を向けられた波琉は、がらりと窓を開ける。

「ちょっと出かけてくるよ」

そう言うと、先ほどよりはやや落ち着いてきた雨の中に、銀色の龍の姿となった波琉が消えていった。

蒼真は開いたままの窓をさっさと閉める。

雨によりわずかに濡《ぬ》れたフローリングの床を尚之が手ぬぐいで拭こうとしていたのに気づいたミトが止める。

「あっ、雑巾あります。ちょっと待ってください」

急いで雑巾を持ってくると、濡れた床を綺麗に拭いた。

そして改めて三人はソファーに座り、落ち着いてから話を再開させる。蒼真も尚之も険しい顔をしていて、ミトが悪いわけではないのになんだか申し訳ない気持ちになった。

「じじい、学校の方に警告をした方がいいんじゃないか？」

「奇遇だな。私もそう思っていたところだ」

「いやいや、警告なんて大げさな」

「お前はさっきの暴風雨を見てもそう言えるのか？」

蒼真にそう問われ、ミトは言葉に詰まった。

「でも、些細なことだし……」

陰口や無視なんて村では散々行われてきた日常の一部だ。

「確かに友達ができないのは寂しいですけど、それだけで大した問題じゃないですよ？」

「その考え方は違うぞ、ミト」

蒼真は真剣な表情でミトをにらむように見つめていた。

「今やお前は最も尊い紫紺様の伴侶だ。紫紺様を除いてお前以上に大事な存在はいない。そんなお前を手は出していないとはいえ侮るのは、紫紺様を侮ることと同義だ。お前は紫紺様が学校の奴らに舐められて黙っていられるか？」

「……それはやだ」

「だろう？　それにだ。龍花の町で最も偉いのは紫紺様で、お前は紫紺様が待ち望んでいた相手だ。紫紺様がお前をとても大事にしているのはそばにいる俺とじじいが誰よりよく分かっている。お前が被害に遭っていて放っておくのは神薙としても恐ろしいんだよ」

尚之を見れば、同意するように深く頷いた。

「でも、どうしたらいいんですか？　皐月さんは真由子に負けず劣らずの我儘娘だと思いますよ。言って聞く相手じゃないです」

もしそうなら、とっくにありすに止められていたはずだ。

「一番いいのは世話係だ」

「ふむ、確かに。ミト様はまだ神薙をつけておらんかったですな。ミト様をお守りする世話係を早急に選ばれるのがよろしいでしょう。なにか起こる前にそばについていた方が我々としても安心でございます」

「お世話係は護衛もするんですか？」

「神薙科の生徒には必須科目です」

執事の教育も行われるようだし、神薙科とはいったいどんな授業をしているんだと謎が深まった。


その夜、ミトは波琉の私室から窓を開けて空を見上げていた。

「波琉どこに行ったんだろ……」

出かけてから数時間経つが、一向に帰ってくる様子はない。

しとしとと降る雨を見ている限りでは、まだ波琉は怒っている可能性が高い。

しかし、いじめに対してどうしたらよかったのかは今になっても分からなかった。

ミトにとっては本当に大したことではなかったのだ。まさかあそこまで波琉が怒るとはまったくの予想外。

「帰ってくるよね……」

どこに行ってしまったのだろうか。いつまで経っても帰ってこない波琉にミトは心配になる。

暗い部屋で静かに待っていると、次第にうつらうつらとしてきた。

「眠い……。でも、波琉が帰ってくるまで我慢しないと」

寝ている場合ではないと必死で目をこじ開けていたが、瞼《まぶた》がだんだんと下がってきて、いつの間にか寝落ちしてしまった。

四章

波琉の部屋にいたはずが、朝、目が覚めた時にはミトは自分の部屋で寝ていた。そして、いつの間にか屋敷に帰っていた波琉とともに学校へ向かう車に乗る。

昨日の嵐が嘘のように、今朝は青い空が広がっている。波琉の機嫌が直ったということなのだろうか。

蒼真と尚之がどこかほっとした顔をしていたのが印象に残った。

そして、村から移動してきたスズメの集団だが、その中で特に仲がよかったスズメには、他と区別をつけるために『チコ』と名付けた。

チコはそれはもう喜んでチュンチュン鳴きながら家の中を飛び回っていたので、こんなことならもっと早くに名前をあげるべきだった。

猫のクロには絶対に襲わないように注意しておいたが、何気にあの一羽と一匹は気が合うようで仲良くしている。村でも一致団結していたので信頼関係ができあがっていたのだろう。

庭で遊んでいたシロは、どこで雨宿りをしていたのか、どろんこになって帰ってきたので、お風呂に入れたりと大騒ぎだった。

両親はチコが村から追っかけてきたと聞いて大層びっくりしていたが、ミトの友人なら大歓迎だと昌宏がリビングにチコが乗れる枝を設置してくれた。

これからはチコも一緒に暮らすことになったのである。

他のスズメはというと、町のいろんなところに自分の住みやすい場所を探して散っていったようだ。

しかし、自分の呼びかけにはすぐに駆けつけてくれるから安心してくれと、チコは得意げに胸を張った。

今も車から窓の外を見ると、チコが車を追いかけてきているのが見えた。昨日のようにいじめられても助けに入れるように学校についてきてくれるらしい。

なんとも頼もしい護衛だなと、ミトはクスリと笑う。

「今日のミトはご機嫌だね」

「そりゃあ、チコが来てくれたし、なにより昨日のデートが楽しかったもの」

「だったら今日も行こうか？」

「嬉しい！　行きたい」

その時、助手席から「ゴホンゴホン」とわざとらしい咳払《せきばら》いが聞こえてきた。蒼真である。

なにか言いたげな視線にミトははっとする。

「あー、今日は駄目だ。ごめんね、波琉」

「なにかあるの？」

「神薙科の人からお世話係を見つけておくように言われてるの。休み時間に行ってみるけど、放課後までかかるかもしれないから」

「そうか、それなら仕方ないね」

残念そうに「デートが……」とつぶやくミトを見て、波琉はよしよしと慰めるようにミトの頭を撫でた。

「また機会はあるよ。町は逃げないし、僕との時間は無限にあるからね」

そう、死してもなお、天界でともに生きていくのだから。それに比べたら一日ぐらい瞬きのような時間だろう。

そっとどちらからともなく手を握る。

車が学校へと到着すると、先に波琉が降りる。

その瞬間、周囲がざわめいたのが分かった。

和物の服を身にまとい銀の髪と紫紺の瞳をした波琉は、ひと目で龍神と分かる。人間とは発する空気が違うのだ。容姿もまた人間とは一線を画する。

「龍神？」

「龍神だよ」

「えっ、なんで？」

疑問が周囲を支配する中、波琉がミトに手を差し出す。

その手を取って車を降りれば、ざわめきはいっそう大きくなる。

「えっ！」

「あの子、特別科の転校生……」

「なになに？　どういうこと？」

周囲はミトが龍神とともに現れた状況がうまく理解できないようだった。

かまわず波琉はミトを抱きしめて、額にキスをする。

ふたりの親密さは、周囲にひとつの答えを与える。

花印を持ったミトに、龍神が親しげに触れている。しかも、ミトの頬を撫でる波琉の左手には同じ花の赤い印が浮かんでいるのだ。よほど鈍い者でなければ、ミトが龍神に選ばれた伴侶なのだと嫌でも理解する。

「行っておいで。帰ってくるのを屋敷で待っているからね」

「うん、行ってきます」

まるでミトしかいないかのように見つめる波琉は、もう一度額に口づけてから車の中へと戻っていった。

走り去る車を見送ってからミトは特別科の教室へと向かう。

周りが困惑しているのが手に取るように分かった。しかし、そんなものミトには関係ない。

教室に入れば昨日と変わらずの無視状態だったのに、ミトの登校時の様子を見ていた他の生徒から話が伝わり、おそるおそるミトに近付いてくる女子生徒がいた。

「ね、ねえ、あなた龍神様から迎えが来てるの？」

問いかけに対しなんと答えようかと思ったが、最終的には至極簡潔な答えが口から出た。

「そうだけど？」

どこか突っぱねるような言い方になったのは仕方がない。昨日までは腫れ物のように近付いてこなかったのに、波琉という龍神がともにいただけでこの変わりようだ。

他の生徒もミトの返答に顔を青ざめさせている。

現在の学校内では、龍神の迎えがあったのは皐月とありすだけ。このふたりをトップとして物事は動いていたのだ。

けれど、そこに現れた新たな龍神の伴侶。力関係が一気に変わる可能性があった。

いや、実際に変わるだろう。

「おい！　さっきの龍神様は紫紺の王らしいぞ！」

特別科の男子生徒が教室に飛び込んでくるや大きな声で叫んだおかげで、教室内にいる特別科の生徒全員に聞こえた。

幸いなのは皐月がまだ登校していないことかもしれない。いたら、きっと騒ぎ立てるに違いない。

しかし、ありすはすでに教室内にいる。ミトがちらりと視線を向けると驚いた表情をしているので、確実に紫紺の王の名を耳にしたようだ。

「それまじかよ？」

「先生らが話してるのを、たまたま聞いたからまじだよ」

「嘘……」

恐れおののくように視線がミトに集まる。それまで皐月を恐れてミトをないがしろにしてきた者たちは気が気でないはずだ。

耐えかねたのか、早速生徒がわらわらと集まってきた。

「あ、あのさ、星奈さん。昨日は悪かったよ。俺たち皐月さんに言われたら逆らえないからさ」

「そ、そう、そうだよ。ごめんね。よかったら仲良くしてね」

「あっ、今日はお昼ごはん一緒に食べない？　私がいい席取っておくから」

「悪気があったわけじゃないのよ」

皆が皆、声が震えていた。それほど紫紺の王の存在は怖いのだろう。

ミトには波琉をそこまで怖がる感情がいまいち分からないが、今は急に馴れ馴れしくしてくる生徒たちが気持ち悪くて仕方なかった。

昨日の出来事など過去のように、手のひらを返してしゃべりかけてくる。そんな風に簡単に態度を豹変《ひょうへん》させる彼らとどうして仲良くできようか。

龍神を相手にしているのだ。自衛だと言ってしまえば、確かに彼らの行動は間違ってはいないし、ミトも非難するつもりもない。けれど、コロコロ態度が変わってしまう友人など必要としていなかった。

なにを言われても問われても知らぬふりをし、ひと言も口を動かさなかった。

そうしている間に皐月が登校してきて、取り巻きから話を聞くと鬼の形相でミトをにらみつけてきた。

なにやらミトの方に向かってこようとしていたが、担任の草葉が教室に入ってきて勢いをなくす。

そして草葉は早々にホームルームを終えると、「星奈さん行きますよ」とミトを連れ出してくれた。

「ありがとうございます」

「なにがです？　あなたの一限目は国語だったのでついでに教室に行こうとしただけです」

素っ気なく感じる言い方だが、気遣いが含まれていた。

よくよく思い返せば、この学校で態度が変わらないのは草葉だけだ。

すべての教師に会ったわけではないが、草葉が担任でよかったと心から感じる。

今のところ居心地の悪さしかない学校でも、草葉といる間は学生らしい学校生活を送っているように思えた。

「ありがとうございます」

「何度お礼を言ったとしても試験問題の横流しはしませんからね」

「普通そんなことお願いしませんよ」

「日下部君はしていましたよ。現在の校長がまだ一教師だった頃ですけどね。あれはもうほぼオヤジ狩りでした」

蒼真ならやりかねないとミトは頬を引きつらせた。

「泣きながらも試験問題を死守した校長は、この学校では数少ないガッツのある教師なので、今度愚痴でも聞いてやってください。心労が多くて最近薄毛を気にしているようですから、ストレス発散させてあげないといけませんしね」

「機会があったら……」

当たり障りのない返答をする。まさか本当に機会があるとは、この時のミトは思いもしなかった。

一限目が終わった休み時間。ミトは蒼真から与えられたミッションを行うべく、神薙科の教室を訪れていた。

神薙科は特別科より生徒が多いので、ちゃんと中学部と高等部とで教室が分かれている。

ミトが蒼真から渡されたリストに載っていたのは、全員高等部の生徒だ。一年から三年まで学年はさまざまだが、教室は隣同士なので回りやすい。

まずはリストの一番上に名前があった人物のいる三年生の教室から攻める。

「すみません、相沢《あいざわ》さんいらっしゃいますか？」

道場破りをする気分で気合いを入れて、三年生の教室の扉から中に声をかける。

途端にミトに視線が集まるが、聞こえてくる声はあまりよろしくない。

「見ない顔ね」

「花印がある。あの子、皐月さんの言ってた子じゃない？」

「あー、皐月さんの不興を買った子か。なにしに来たんだ？」

「特別科の子が神薙科に来る理由って、あれじゃない？」

ミトが龍神とともに登校してきたという話は全校生徒に回ったかと思ったが、まだ一限目なので周知されるまではいっていないのかもしれない。特別科の生徒もたまたま先生が話しているのを聞いたと言っていたから、波琉の話が回るまで時差がありそうだ。

そんな中、ひとりの男子生徒がミトに近付いてきた。その顔は警戒心に満ちている。

「俺が相沢だけど、なんか用？」

「私のお世話係になってくれる人を探してるんです。それで相沢さんが優秀な方だと聞いたので、私の――」

「悪いけど、他を当たってくれるか？　俺には荷が重いから」

ひどく迷惑そうな顔で断られてしまった。しかもミトの言葉を途中でぶった切ってである。せめて最後まで聞いてくれてもいいだろうに。

すると、彼を憐《あわ》れむような声が教室内から聞こえてきた。

「そりゃそうだよね。皐月さんに目をつけられてる子なんて誰だって嫌でしょう」

「誰が世話係なんてやるんだよ」

「不良債権を受け取りたくないよなぁ」

なんとまあ、言いたい放題だ。ミトが皐月から目をつけられた生徒としか思っていないからだろう。

「えっと、じゃあ、古谷《ふるや》さんと和泉《いずみ》さんは……」

教室内を見渡せば、それらしきふたりが立ち上がるが、返ってきたのは案の定というもの。

「勘弁してよ。あなたの世話係なんて冗談じゃないわ」

「俺もやだね」

三年生がこれで潰れてしまった。しかし、まだ二年と一年が残っている。

しょぼんとしながら隣の二年生の教室に向かうと、扉に張り紙がされていた。そこには【世話係はお断り】と書かれている。

言葉をなくして立ち尽くしているミトを、二年の生徒がクスクスと笑って見ていた。

ここまで嫌われるとは……。

ミトがなにをしたというのか。皐月の影響力がそれだけ強いということなのだろうが、せめて話を聞いてから断ってほしい。

あきらめてさらに隣の一年生の教室へ。張り紙はされていなかったが、歓迎されていないのは周囲の空気で分かった。

一年生からも断られてしまったら世話係をつけるのはあきらめるしかない。

明日になれば紫紺の王のことが神薙科にも知れ渡るかもしれない。けれど、波琉の存在を知ってからでは意味がない気がした。

学校中から嫌われている今のミトでも味方になってくれる人でなければ、ミトはその人を信頼できないと思ったのだ。

その人となりを見極めるには、今の状況はある意味もってこいなのかもしれない。

だが、一年生の教室でリストに載った人に声をかけたが、ミトの世話係を買って出てくれる人物はいなかった。

残りは蒼真が最後の手段に取っておけと言った【成宮千歳】という人物だ。

「じゃあ、成宮君はいますか？」

「いないわよ。まあ、いたって皐月さんに目をつけられたあなたの世話係になるはずがないじゃない。成宮君は優秀なんだから」

他からも「そうだそうだ」と声があがる。

確かにその通りだ。絶望的すぎる。

ミトはがっくりと落ち込み、蒼真になんと報告しようか言い訳を考えていると、ひとりの男子生徒が近付いてきた。

金髪に染めた明るい髪に、耳にはピアスがたくさん、制服は着崩している。やんちゃそうな雰囲気で、少々目つきが悪く、正直あまり関わり合いになりたくないと感じてしまう男の子だ。

「なあ、あんた世話係探してんの？」

誰だろうかと不審に思いながらミトは頷く。

「そうです」

「俺、なってやってもいいよ」

「……ぇぇ!?」

一瞬言われている意味が分からなかったが、言葉を飲み込んだミトは大いに驚いた。

「本気で言ってます!?」

「ああ。それと、同じ一年だから敬語はいいよ。で、どうする? 俺にしとく?」

「よろしくお願いします!」

ミトはこくこくと頷いて手を差し出した。

しかし、この男の子は誰なのだろうか。自分から世話係を売り込みに来るということは神薙科の生徒だろうが。

勢いに任せて了承してしまったが、蒼真からはリストに載っている者に限定されていた。

せっかく世話係になってくれる人を見つけたのにこちらから断るのは嫌だなと思いつつ、とりあえず自己紹介をした。

いざとなれば、蒼真には他になってくれる人がいなかったとでも言い訳すればいいだろう。

「私、星奈ミトです!」

「俺は成宮千歳」

「えっ、成宮千歳!?」

ミトは慌ててリストを見た。

リストの一番最後に載る【成宮千歳】の文字。見間違いではない。蒼真が『最後の手段にしとけ』と言っていた人物ではないか。

少々クセがあるらしいが、他の神薙科の生徒には断られてしまったのだから今がその最後の手段の使いどころに違いない。

この際リストに載っていなくてもいいとすら思っていたのに、最後の最後でリストに載った人間が向こうからやってきてくれるとは予想外だ。こんな都合のいいことがあっていいのだろうか。

「なんか問題ある？」

「まったくありません！　あなたは私のお世話係になってもほんとにいいんですか？」

おずおずとうかがうように見ると、彼は自分では気に入らないのかと言いたげな仏頂面になる。

「別に。いいと思ったから声かけたんだけど。嫌なら無視してるし」

「ありがとうございます」

「敬語。いらないってさっき言っただろ」

「あ……。えと、じゃあ、成宮君ありがとう」

しかし、彼はまだ不満そうな顔をしている。

「千歳でいい。同い年だし。俺もミトって言うから。いいよね？」

一見機嫌が悪そうに見えるが、彼なりに気を遣ってくれているのだろうと思えた。

「うん。よろしく、千歳君」

「こっちこそ」

お互いぎゅっと手を握り合う姿を見た神薙科の一年から三年の生徒がざわつく。

「うそ、成宮が世話係を受け入れたぞ！」

「おい、まじかよ！」

「だって、皐月さんやありすさんからの申し出も断った奴だぞ」

「なんであんな面倒そうな奴の世話係なんてするんだよ」

などと、騒然としている。誰もが信じられなくて驚愕した顔をしていた。

クセが強いとは聞いていたが、皐月やありすを断っていたとは思わなかった。

「皐月さんと桐生さんを断ったの？」

「うん」

「どうして私は受けてくれたの？」

「そんなことより、チャイム鳴ってる」

指を上に向け指摘する千歳の言葉で、チャイムが鳴っているのに気づく。

「あっ、授業。あの、またね」

慌てて自分の教室に移動するミトに、千歳が声をかけた。

「昼休みに迎えに行くから」

「う、うん」

戸惑いながらも返事をして教室へと戻る。なんにせよ、世話係が見つかってほっとした。

蒼真からのミッションは無事に果たしたので、きっと安心してくれるだろう。

そして昼休み、教室で待っていると約束通り千歳が迎えに来た。

「食堂へ行こう」

「うん」

隣について歩くがどうもなにか変な感じだ。慣れないというか、違和感というか。

まあ、今日初めて会った人なのだから当然と言えば当然だ。

ふたりで歩いて食堂に入ると、周囲から視線を感じる。

「あの噂本当だったんだ」

「皐月さんも桐生さんも断った、あの成宮君が転校生を選ぶなんて」

「神薙の資格を持ってる成宮君は引く手あまただったのにね」

周囲から聞こえてきた声にミトの注意が向く。

「千歳君って神薙の資格持ってたの？」

「うん。去年取った」

「ということは十五歳で？」

「そう。日下部んとこの蒼真さんと一緒。まあ、俺は蒼真さんみたいに誰か龍神の神薙はしてないけど。蒼真さんはサラブレッドで俺は雑種だから仕方ない」

サラブレッドと雑種の意味が分からなかったミトは首をかしげる。

「日下部家は代々龍花の町で神薙として多くの龍神に仕えてきたんだ。でも俺は別に身内に神薙がいるわけでもなくて、龍神のように大事な方の神薙をするには経験も年齢も若すぎるから、いざという時に責任が取れないって担当させてもらえてない。蒼真さんはおじいさんが保護者としてついてたから可能だったって話」

「千歳君も龍神のお世話をしたいの？」

「んー、よく分かんない。したい気もするけど、ちょっと怖い。だから、紫紺様に選ばれたミトの世話係になるのはちょっと悩んだ」

ミトは目を丸くする。

「千歳君は私が波琉の伴侶だって知ってたの？　もしかして今朝登校する時見てた？」

「見てないけど、一応俺も神薙だから、情報は共有されてる」

「なるほど」

確かに蒼真もそんなことを言っていた気がする。自分とは関わりがない皐月のことも知っていたし、同じ神薙なら千歳がミトを知っていてもおかしくない。

「千歳君は波琉の伴侶だって知ってたから私のお世話係になってくれたの？」

どこか不安そうに問うミト。

できることなら波琉と関係なくお世話係になってくれる人がいいと思ったのだが、やはり難しいのだろうか……。

けれど、千歳はミトの不安を吹き飛ばすように否定した。

「いや、さっきも言ったけど、世話係になるのは迷った。あんたに下手なことしたら俺にどんな神罰が与えられるか分かんないんだし、紫紺の王が相手なら余計に関わりたくないって」

「そういうもの？」

蒼真はミトが波琉の伴侶と分かれば世話係になりたがる者はたくさんいるようなことを言っていたが、千歳は逆の考えのようだ。

「俺がミトに声をかけたのは、ミトなら世話係になってもいいかなって思ったから」

「そうなんだ」

ミトははにかむように口角を上げる。

ふわふわと足取りが軽くなる自分は単純すぎるだろうか。

しかし、波琉云々ではなく、ミト自身を見て決めてくれたということが嬉しくてならないのだ。

「ちなみに、神薙の資格を持った生徒って学校内に他にいるの？」

「いない。俺だけ」

それはかなりすごいのではないだろうか。

「千歳君って優秀なの？」

「んー、たぶん」

「たぶんって……」

千歳は大きなあくびをしながら空いた席を見つけると、ミトが座れるように椅子を引いてくれる。

「えっと、ありがとう」

「メニューなににする？」

「ラーメンにしようかな」

「分かった」

そう言うと、ミトが止める前にさっさと注文を待つ列に並びに行ってしまった。

追いかけようとも思ったが、席を取っておいてくれという意味かもしれないと座り直す。

少しして戻ってきた千歳は、当然のようにミトのラーメンも持ってきてくれた。

「ありがとう」

「いいよ。これも世話係の仕事だから」

「そうなの？」

「うん。他の世話係は皆してるから気にしないで。ほらそっち見て」

よくよく観察すると、確かに特別科の子はテーブルで座っており、特別科ではない生徒が食事を持ってきたり飲み物を用意したりと甲斐甲斐《かいがい》しく世話を焼いていた。それは男女変わらずだ。

蒼真が執事の教育も受けると言っていたが、こういう時のためにあるのかもしれないなと考える。

「ねえ、千歳君はそんなに優秀なのにどうして私のお世話係になってくれたの？　私が波琉の伴侶だからかなと思ったけど、違うって言うし。以前に皐月さんや桐生さんからも申し出があったのに断ったって。なにか理由があるの？」

まだなにも知らない千歳のことを少しでも知れるのではないかと、ミトは質問してみた。

「あんな我儘女たちは嫌だから」

返ってきたのはなんとも歯に衣着せぬ発言。

「でもミトは、あの我儘女その一のせいで周りに無視されてても毅然《きぜん》としてた。それが格好よくて、仲良くしたくなった」

千歳はまるで無邪気な子供のように笑った。

「我儘女その一に対して啖呵《たんか》切ったのは見物だった。ナイスファイト」

そう続けて、ぐっと親指を立てたのである。

見られていたのかと、ミトは恥ずかしくなった。けれど、格好いいと言われて悪い気がするはずがない。

「私も千歳君と仲良くなれたらいいな」

「じゃあ、これからなればいいよ」

「うん。そうだね」

互いにニコニコと笑っていると、ふと蒼真の言葉が頭をよぎる。

「蒼真さんが千歳君はクセが強いから最後の手段にしとけと言ってたけど、話してみると全然普通だね。どうしてあんな風に言ったんだろ」

「我儘女その一に要請された時に、自分が認めた奴以外には龍神だろうと仕えないって大衆の前で大見得切ったからだと思う」

「皐月さん相手にそんな宣言をしたの？　度胸あるね」

ミトには波琉という絶対的な盾があるが、ただの神薙である千歳には守れる防具がないというのによく言えたものだ。

「ミトほど、どストレートに言ってないから」

からかうように口角を上げる千歳をミトはじとっとにらむ。

「千歳君だって結構どストレートじゃない」

人をどうこう言える立場ではないはずだ。

すると、千歳はクスリと笑う。

「ブサイクな顔になるよ」

千歳に鼻をつままれ、慌てて顔を後ろに背ける。

「波琉はかわいいって言ってくれるもん」

「紫紺様は目が悪いのか？」

「ひどい！」

「だって……なあ？」

意地が悪そうに笑う千歳に、ミトの眉間に青筋が浮かんだ。

「千歳君！」

肩を震わせた千歳は声を押し殺して笑う。

この少しの間にずいぶんと打ち解けたような気がする。見た目に反して千歳がなんとも気安い性格をしていたのもあるだろう。

「あんまりからかってると、クロに言いつけてやる」

「クロ？」

「我が家に居着いてる黒猫」

「猫っ」

なにがおもしろいのか笑いが止まらないようだ。

もしや笑い上戸なのか。

すると、嫌みな声で割って入る者がいた。

「あら、ずいぶんと楽しそうじゃない」

ミトの前に立ったのは、皐月だった。相変わらず取り巻きを連れている。

「新参者が生意気にも神薙科へ世話係を探しに行ったそうじゃない。全員に断られたらしいけどね」

クスクスと示し合わせたように取り巻きたちが笑うが、その笑い声には力がなく顔色もあまりよくない。ミトが龍神に選ばれた伴侶の上、皐月の龍神よりも位の高い紫紺の王だと知っているからだ。

知ってなおミトに相対するとはかなりの愚か者だ。皐月も紫紺の王の話は他の生徒から聞いていたはずなのに、よくミトに突っかかってきたものである。

なにかしようともミトは皐月のように波琉の名前を利用しようとは思わないが、話を聞いた波琉が勝手に動く可能性はあり得るのだから。

また嵐にならないといいなと別の心配をしていると、皐月の矛先は千歳へと向いた。

「ねえ、成宮君。今からでも遅くないから私の世話係になりなさいよ。そんな女よりよっぽどいい思いができるわよ？」

「いらない」

「私は久遠様に選ばれた特別な人間なのよ！」

「それで言うならミトは紫紺様に選ばれた貴い人ってことになるよ。それに、龍神を笠《かさ》に着て好き勝手する我儘女に誰が仕えたいんだよ。俺はごめんだね」

そう千歳はぴしゃりと切って捨てた。

思い通りにいかない千歳に、唇を引き結び怒りに震える皐月。

「どいつもこいつも私を馬鹿にして……っ。久遠様に言いつけてやるわ！　今度は警告なんかじゃない。本当に久遠様が動くことになるから覚悟しておくのね！」

そう言うと背を向けて行ってしまった。

なにをしに来たのかさっぱり分からない。ミトと千歳は顔を見合わせて苦笑する。

「千歳君って怖いもの知らずね。皐月さんにあんな風に言って大丈夫なの？　ほんとに久遠さんが出てきたら大変なことになるのに」

「たぶん大丈夫。久遠様は温厚な方って、神薙の間では有名だから」

それならいいのだが、万が一の時は波琉に助けを求めよう。

波琉に頼りたくないと言っておいてずるいかもしれない。しかし、人間は神の前では脆弱《ぜいじゃく》だから龍神には龍神に相手をしてもらわなくては。

「龍神の位が自分のものと勘違いしている馬鹿が多いから困るよね」

ありすも聞こえる位置にいるのに平然と言ってのける千歳には頼もしさしかなかった。

放課後、迎えに来た車まで千歳が案内してくれる。

「明日からは出迎えもするから」と口角を上げる千歳は、面倒な仕事が増えたにもかかわらず楽しそうだった。

理由は分からないが、世話係という役目を負担に思っていないならいい。

屋敷に帰宅するや、波琉より先に蒼真に会いに行く。そしてリストの一番最後にあった千歳が世話係になってくれたと告げると、蒼真は大層驚いた。

「千歳君はすでに神薙の資格を持ってるんですね。そんなに優秀なのにリストの最後だったのはどうしてですか？」

「言っただろう。クセが強いって。誰でもやりたがる龍神に選ばれた伴侶からの要請を断るような奴だ。一筋縄じゃいかない奴なんだよ。だからミトが頼んでも絶対に断ると思ってリストの最後にとりあえず入れておいたんだ。それなのに、まあ、よくあいつを釣り上げたもんだ」

わしゃわしゃとミトの頭を撫でる蒼真はどこか嬉しそう。

「あいつはちょっとどこか昔の俺に似て排他的なとこがあるからなぁ。仲良くしてやってくれや」

「はい」

蒼真に言われなくとも仲良くする気満々だ。

話を終え、早速波琉にも世話係ができたことを伝えに行く。

「波琉～」

どこか上機嫌で波琉の部屋を訪れると、いつもの優しいほわほわと温かくなるような笑みで迎えてくれる。

「ミト、おかえり」

「ただいま。聞いて、波琉。私にお世話係ができたの。千歳っていう子でね、蒼真さんみたいに怒らせたら怖そうな男の子なんだけど、話しやすくていい人そうなの」

「男……なの？」

「うん。そうだけど？」

するとと、波琉から笑みが消える。

「どうして男なの？　同性で選ばなかったの？」

「女の子もいたけど、千歳君以外の子には断られちゃったんだもん。でも、千歳君でよかった」

千歳ならば対等に付き合っていけると思えた。

機嫌のいいミトは、ふと波琉の表情が曇っているのに気づく。

「波琉、どうしたの？」

波琉はすぐには答えず、ミトをぎゅっと抱きしめた。すがりつくような手は、なにかを恐れるようにミトを腕の中に閉じ込める。

様子のおかしな波琉に不安を感じたミトも抱きしめ返した。

「波琉？」

「あんまりその子と仲良くしないでって言ったら、ミトは怒る？」

「理由によるかな。仲良くしたら駄目なの？」

「駄目なわけではないよ。ただ……。これは僕の我儘かな」

波琉は「はあ……」と深く息を吐き、ミトを横抱きに抱き直す。そうすれば先ほどよりお互いの顔がよく見えた。

「ごめんね。ちょっと心配になっちゃっただけなんだ」

「どういうこと？」

いったい波琉になにが起こったのかミトには理解できないでいた。

「うーん、あんまり言いたくないけど、簡単に言うとやきもちかな」

「波琉が？」

誰にとはわざわざ聞かずとも分かるだろう。千歳の話をしていたのだから。

「花印を持った子が絶対に龍神に選ばれるとは限らないって話したよね？」

「うん」

「人間も同じで、もし龍神が気に入らなければ断ったっていいんだ。お互いの気持ちが大事だからね」

「そうなんだ」

ミトは少しびっくりした。

誰も彼も龍神に選ばれるのはとても素晴らしいことだと言わんばかりの態度でいる上、龍神を崇めている。なのに伴侶に求められて断るという選択肢が人間側にもあるのだとは思わなかった。まあ、あったとしてもミトが大好きな波琉からの求めに応じないはずはないのだが。

しかし、その話がなぜやきもちにつながるのかが分からず、ミトは首をかしげる。

「それがやきもちとどう関係するの？」

「世話係は成人してからも花印の子のそばで尽くすことが許されるんだ。それだけずっと一緒にいたら情が生まれてもおかしくないよね？」

「波琉は私が波琉じゃなくて千歳君を好きになるかもしれないって思ってるの？」

わずかにミトの眼差しがきつくなる。

浮気相手もいないのに浮気を疑われたら当然だ。

「別にね、神薙と恋に落ちるのが悪いわけじゃないよ。迎えに来た龍神の求めを拒否して、神薙と人間の生を全うする選択をした花印の子も実際いるにはいるんだ」

「そうなんだ」

それは初めて聞いた話だ。

「だからってわけじゃないけど……。もしミトがそんな風に神薙に恋をしたら、僕はこの町を半壊程度じゃ済ませられそうにない」

何気に怖いことを言っている。

「ごめんね。ミトが心移りしないか心配だったんだよ」

しょぼんとする波琉の様子に、ミトはなんとも言えない母性が刺激された。かわいい……と思ってしまったのである。

「私には波琉が一番だもの。千歳君とは仲良くなりたいけど、そこに恋とか愛とかはないから安心して」

これで納得してくれるかは分からないが、ミトが精いっぱいの気持ちを伝えると波琉はスリスリと頬を寄せてくる。

「そうだよね。ミトを信じるよ」

「うん」

「でも、ミトがなにかと相談するのは僕じゃなく蒼真だから、ちょっと不満なんだよ？」

それはミトには思ってもいなかった言葉だった。

「まあ、あの蒼真だから万が一のことはないと信じてるけど……」

そう言いつつも、波琉はどこかむくれたような顔をしている。

これは蒼真との仲を疑われているというのだろうか。ふと蒼真の姿を思い出し……。

「ないないないない」

ミトは全力で否定した。

「分かってるよ。でも、あんまり僕にやきもち焼かせないでね」

猫が甘えるように頬を擦り寄せる波琉に、ミトは仕方なさそうに苦笑しながら頷いた。

これで問題は解決。しかし、ミトには気になることができた。

「ねえ、波琉。神薙と恋に落ちる人もいるって言ってたけど、花印を持った子の恋愛事情とかはどうなってるの？」

学校でも、花印を持った生徒のほとんどが龍神の迎えが来ていない。

伴侶に選ばれたのは皐月とありすのふたりだけ。他の人たちは今後どうなるのだろうか。

「その辺りは蒼真の方がよく知ってるだろうから今度詳しく聞いてみるといいよ。僕が知ってる限りだと、花印が現れて龍花の町に降りてきても、龍神が相手を選ぶとは限らないってこと。気に入らなくて天界に帰ってしまえば、もうその花印の子は龍神に選ばれないわけだ」

「うん」

「正直、すでに龍神にお断りされた子より、まだ迎えが来ていない子の方が立場は強いんじゃないかな。後者は今後迎えが来る可能性があるからね。一発逆転の可能性があるけど、龍神から拒否されれば、花印を持っていてもただの人間と変わらない。龍神と縁を持つことは絶対にあり得なくなるから」

「龍神の伴侶になった後に縁が切れることはあるの？」

あまり考えたくはないが、自分にもその可能性があるかを聞いておかねばならない。

「当然あるよ。人間同士でも離婚するように、やっぱり気が合わないとなるのは仕方ないからね。誰が悪いわけではないんだけど。まあ、基本的に人間は龍神に選ばれるのを望んでいる子が圧倒的に多いから、さっき言った人間側から断られるってのは稀《まれ》な例だよ」

稀な例というなら、例になった龍神が存在するということだ。少しかわいそうな気がする。

「だから僕を稀な男にしないでね」

波琉は茶目っ気たっぷりな笑顔でミトの頬にキスをした。


久遠に言いつけると皐月は吐き捨てていたものの、千歳が久遠からなにかされる気配はなかった。また、学校で千歳と行動することが多くなったミトは無事にぼっちを卒業した。

ミトが紫紺の王の伴侶だと周知されるようになった後は、今さらのように神薙科の生徒が世話係になりたいと言い寄ってきたが、すでに神薙の資格を持つ千歳がいるから必要ないと断れば相手はぐうの音も出ないようだった。

世話係はひとりと決まっているので、新しい世話係をつけるためには千歳をやめさせなければならない。数少ない味方になってくれた人をやめさせるはずがないではないか。

そんな決まりがあるのは、人数制限をなくすと、皐月やありすのような発言力のある生徒に世話係が集中してしまうのを避けるためだという。

確かに、どうせ世話をするなら力のある人につきたいと思うのはおかしくない考えだ。

なんにせよ、並みいる希望者は、千歳の名前を出して撃退していた。

すると、数日も経てば誰も寄りつかなくなった。

これでのんびりと静かに昼食が取れると気を抜いていたある日、ありすがミトに声をかけてきた。

「こんにちは、星奈さん」

「こんにちは……」

やや警戒してしまうのは仕方がない。こんな風にありすがミトに話しかけてきたのは初めてなのだから。

皐月は紫紺の王の伴侶と分かりつつも相変わらずミトに暴言を吐きまくっていたが、ありすはずっと傍観者を気取っていた。

他の生徒が皐月に絡まれた時には助けに入るのに、ミトが皐月に絡まれていても見ているだけで手も口も出してこない。

まあ、ありすがなにもしなくとも、頼れる世話係の千歳が毒を吐いて退散させてしまうので必要ないのだが。

これまで接触をしてこなかったのに、どんな用があるというのだろうか。

ありすはにこりと微笑みながらミトの向かいの席に座る。

千歳は『なに勝手に座ってんだ』と言いたげな眼差しだ。毒を吐かないか心配である。千歳いわく、ありすは『我儘女その二』らしいから。

　どんな我儘があったかはミトが転校してくる前のことだから知らないが、なにかしらのいざこざがあったのは確かのようだ。

「これまでなかなかお話ができずにいましたね」

「そう、ですね……」

「あなたのおかげで皐月さんにいじめられる方が減って、お礼を言いたいと思っていたんですよ」

　これは嫌みか？と勘ぐってしまう。

　生徒への被害が減ったのは、矛先がミトに向かうことが多くなったからである。ミト自らがなにかしたわけではない。

「そうですか……」

　ありすがなにをしに来たのか分からずにモヤモヤしていると、同じく耐えかねた千歳が喧嘩腰でにらみつけた。

「なあ、なんかあるなら早くしたら？　こっちはあんたにかまってられるほど暇じゃないんだけど」

　龍神の伴侶に対してなんと強気な発言。ヒヤヒヤもするが、よくぞ言ったと褒めたくもある。

ありすは一瞬眉をひそめ、すぐににこやかな顔に戻りミトに向かって告げる。

「あなたが紫紺様に選ばれた方というのは私の龍神様から確認が取れました。ならば、あなたはこの学校……いえ、この町で誰も逆らえない地位にあるということです。そこで、あなたには皐月さんに対抗する派閥のトップに立っていただきたいのです」

「は？」

まさに目が点になる。

「皐月さんの行動は目に余ります。これまでは私が抑えていましたが、やはりお相手の龍神様の位が違いうまくいっていません。けれど、あなたのお相手は紫紺の王。久遠様より格上のお方です。あなたなら皐月さんを止めることができます。ようやく彼女に一矢報いることができるんです」

まるで自分に酔うようにとうとうと語るありすに、ミトの眼差しが冷たくなる。

「あなたも皐月さんに散々なことをされて腹立たしく感じているでしょう？　私も彼女には苦渋を飲まされ続けてきました。今こそ反撃の時です」

反撃の時などと言われてもミトの心には欠片《かけら》も届かない。ようは、ミトの後ろに控える波琉の力をあてにしているだけだ。

「あなたになら派閥のトップの座を明け渡してもかまいません」

「いえ、そんなの必要ありません。お断りします」

「えっ？」

　ありすはひどく驚いた顔をするが、ミトからしたらなぜ驚くのか不思議でならない。

　断られて当然だろうにと思う。

「私は波琉の威を借りるつもりはさらさらありませんから」

　ただの学校の勢力争いに、波琉の力はもったいなさすぎる。

「でも！」

「派閥を作るのは勝手ですけど、それは私の関わりのないところでやってください。正直、私には皐月さんもあなたも同類にしか思えませんから、手を貸す気はないです。以上！」

　バンッとテーブルに手のひらを叩きつけて立ち上がる。

「ごちそうさまでした！　行こう、千歳君」

「了解」

　千歳はニッと口角を上げて同じく立つと、ミトと自分の食器が乗ったトレーを返却棚に戻して一緒に食堂を出た。

「ついてきてる？」

「いや、来てない」

　それを聞いてほっと息をつくミトは、げんなりとした。

「なにあれ？　ねえ、なに？」

「さっき言ってた通り派閥に引き入れたいんだよ」

「迷惑でしかないんだけど」

「だよなー」

　気持ちは千歳も同じようだ。

　これで千歳も派閥のトップに立つべきだなんて言いだしていたら、世話係をやめさせている。絶交一択だ。

「なんか面倒なことになったなぁ。また来ると思う？」

「さあね。でも次は俺が撃退してやるよ」

「千歳君がイケメンすぎて、波琉がやきもち焼いて町を半壊させそう」

「なにそれ、めっちゃ怖いんだけど」

　千歳が頬を引きつらせるが、実際にその危機にあったとは口にしなかった。

　放課後、千歳が教室まで迎えに来て、さあ帰ろうとした時、ホームルーム終わりの草葉がミトを呼び止めた。

「星奈さん、少し校長室に行ってもらえますか？」

「校長室ですか？」

「校長が話をしたいそうなんですよ。どうせくだらない世間話でしょうけど、年寄りの長話にちょっと付き合ってあげてくれませんか？」

校長がいったいなんの用事なのか。心当たりがないミトは、千歳に目を向ける。

「どうしよう？」

「行ってきたら？　校長なら危険なこともないだろうし。俺は校長室の外で待ってるから」

お言葉に甘えて千歳には外で待ってもらうことにして、校長室の前まで案内してもらった。

ノックをして中に入る。

木目調のデスクの前に、黒い革のソファーが向かい合わせで置いてある。

「よく来てくれた」

ミトを迎え入れた校長は、柔和な顔立ちでとても優しそうな人だった。寂しい頭のせいで年を取って見えるが、まだ定年は迎えていないところを考えると思ったより若いのかもしれない。

「草葉先生からお呼びだと聞いてきたんですが、私なにかしましたか？」

「いやいや、なにもしておらんよ。どんな子か少し話をしたかっただけなんだ。お茶菓子を用意してるから、そこのソファーで話そうか」

「お菓子」

お菓子と聞いて目を輝かせるミトは、迷わずソファーに座った。

ナッツの入ったクッキーを食べてお茶を飲んでひと息ついたところで、校長が本題に入る。

「今日、正式に神薙本部から苦情が来たんだ」

なぜ自分に話す？と疑問に思っているのが顔に出ているミトに向けて、校長は指をさした。

「君についてだよ」

「私？」

こてんと首をかしげるミトには覚えがない。

「神薙本部からではあるが、紫紺様の名代とした日下部家からだ。学校での君の扱いに紫紺様が遺憾に思っていることを伝えてきた」

「あー」

そこまで言われれば覚えがありすぎる。

学校でのあれやこれやをミトはいじめと思っていないが、波琉は大層怒っていた。

もちろん蒼真と尚之も。

学校に警告をした方がいいとも言っていたので、実行に移したのだろう。

「紫紺様ににらまれたら、私なんぞ木っ端微塵にされてしまう。紫紺様が学校に来られたことで無視や陰口はなくなったようだが、他になにか学校内で問題はないかね？　あるなら早めに言ってくれるとありがたい。きちんと学校側で対処させてもらう」

「問題というかなんというか……」

言っても学校側に解決できるのか疑問だったが、ミトは食堂でありすに派閥のトップに立ってくれと勧誘されたことを話した。

途端に校長から深いため息が出る。口から魂まで出てきそうだ。

「美波さんと桐生さんの派閥の対立は私も頭を悩ませておってなぁ。なんとかならんかね？」

逆に相談し返されてしまった。

「いや、私に聞かれても」

ミトの方がどうにかしてほしい側なのだ。

「そこをなんとか、いい案はないかね。ほんとにほんとーにふたりには困っておるのだ。相手は龍神の伴侶だし、腹の中では小娘どもが大人を舐め腐ってと悪態をついていても、こちらが下手に出るしかない」

そんなことを思っていたのかと、なにやら校長が不憫《ふびん》に感じてきた。

「まあ、あの日下部君に比べればマシなのだがな」

またもやため息をつく校長。幸せが逃げていかないか心配である。

それよりも日下部とは蒼真ではないのか。

「あいつはほんとにもう、問題児の中の問題児で、何度奴に泣かされたか……。今思い出しても泣けてくる……くぅ」

目頭を押さえて上を向く校長は本当に今にも落涙しそうにしている。

いったい蒼真はなにをやらかしたのか。怖くて聞くに聞けない。

「……で、いいアイデアは思いついたかね？」

まだあきらめていなかったのか……。

「そりゃあ、波琉に出てきてもらうのが一番早い解決方法でしょうけど、私は波琉をこんなくだらない問題に関わらせたくありません」

残念そうにがっくりする校長には悪いが、嫌なものは嫌だ。

ありすとは違い引き際のいい校長は「仕方がない、私たち教職員がなんとかするしかあるまい」と納得してくれた。

「代わりと言ってはなんだが……」

校長は背後から巨大なハリセンを取り出してミトの前に差し出した。

「これで私の頭を殴ってはくれまいか」

「へっ？」

「紫紺様にハリセンで叩かれると毛が生えるという話を聞いたことはないかな？」

ずいっと身を乗り出してくる校長に気圧《けお》されながら、そんな話を蒼真が言っていたなと思い出して「あります」と肯定する。

「私も紫紺様に叩いていただこうと尚之殿に何度もお願いしたんだが梨のつぶてだ。そこで私は考えた！　花印は神と同じ質の神気をまとっていると言われている。ならば紫紺様と花印を同じくする君に引っ叩いてもらえば毛が生えるのではないかと！」

校長は興奮のあまり鼻の穴を膨らませて、ミトにハリセンを渡す。

「さあ、受け取ってくれ。そして私の頭を遠慮なく叩いてほしい！」

「えっ、えっ」

戸惑うミトに校長はたたみかける。

「さあ、さあ、さあ！　遠慮はいらない。力の限り叩いてくれたまえ!!」

「ひっ！」

思いっきり顔を引きつらせるミトは、ずいずいと近付いてくる校長への恐怖のあまり、ハリセンを奪い取りスパーンと頭を力の限りぶっ叩いた。

「おほー！　これが毛生えの痛み！　念のためもう一度頼む！」

ミトは怯えつつもう一度叩くと、逃げるように校長室から飛び出した。

外で待っていた千歳は、恐怖におののくミトの顔に焦りを見せる。

「なんだ、なにかあったのか？」

「毛が……。ハリセンが……」

うまく説明できないミトは、その日の夜、ハリセンを持った校長に追い回される悪夢を見たのだった。

後日、校長室にはまたもやミトの姿があった。

あれからちょくちょく呼び出されるようになり、お茶菓子を食べながら校長の愚痴を聞くのが日課となってしまった。

愚痴の終わりになると、どこからともなく校長がハリセンを取り出すのである。そして遠慮なくスパーンと一発お見舞いして、その日の日課が終了するのだった。

「むふふ、これで私もいつかふさふさだ」

まだ生えていない頭を優しく撫でながら鏡を見つめる様子は、はっきり言って気味が悪い。

＊＊＊

ミトが学校にいる頃、波琉の屋敷には久遠が訪れていた。

久遠は波琉の前に座るや、深く頭を下げた。

「私の選んだ伴侶がミト様に無礼なことをいたし、まことに申し訳ございません」

波琉は片肘をついて頬を乗せる。久遠を見る目はひどく冷ややかだ。

ミトの前では絶対に見せない、冷たい王の顔。温厚な波琉には滅多にお目にかかれない表情に、久遠にも冷や汗が浮かぶ。

ミトのいじめが発覚した日、皐月がいじめの主犯と知った波琉は龍となって出かけた。

目的地は、皐月の伴侶である久遠の屋敷。そこでみっちりと久遠にお説教と苦言を呈したのである。

今日はその後の報告にとやってきたようだ。

「ちゃんと注意したの？」

「はい。しかし、皐月は長く大切に扱われすぎていたようです」

「ならそこは君が抑えるべきではなかったのかな？」

「……おっしゃる通りです」

久遠は落ち込んだ様子で視線を下に向ける。

「私は……天界に帰ろうかと思います」

「伴侶の子はどうするの？」

「縁がなかったようです」

久遠はひどく残念そうに続ける。

「皐月は、昔は明るく誰にでも分け隔てない純粋な少女でした。そんな彼女を好ましく感じていたのですが、どうやら多くの権力を手に入れ彼女は変わってしまったようです。最近では傲慢さが目立つようになりました。……今の彼女と永遠をともにする気にはなれません」

「そう。つまり、ひとりで戻るんだね？」

久遠は苦悩した表情で静かに頷いた。

「紫紺様もお気をつけください。我らにとっては瞬きのような時間も、人間にとっては人となりが変わってしまうほどに長き時間です。紫紺様のお相手もそうならぬとは言い切れません」

「心配は不要だよ。僕にとってはどんなミトもミトであることに変わりはない。傲慢になったミトもさぞかわいらしいだろうね」

くつくつと、波琉は楽しげに笑いながら言ってのけた。

その目には愛おしさだけではない、激しい執着を宿している。

自分の感情を揺さぶる唯一の存在。

ミトの姿を思い浮かべるだけで、どうしようもない愛おしさが波琉を襲う。

「僕にたくさんの感情を与えてくれるのはミトだけだ。どんなミトだろうとね」

変わってしまうならそれでもいい。ミトが自分のそばにいてくれるかが大事なのだから。

波琉にある重い独占欲と執着心を感じ取った久遠は、やや寂しげに微笑んだ。

「私にはあなた様ほどの深い愛情を、あの子には見つけられなかったようです」

「ならばその程度の縁ということだろう」

久遠は「ですね」と苦笑した。

「彼女の横暴でこれ以上周囲に迷惑をかけぬためにも、私は素早く去った方がいいでしょう」

「君が悩んだ上でそう決めたのなら僕はなにも言わないよ。僕もミトを傷つけるあの娘には思うところがあったし、君から捨てられたなら大人しくなるだろうからね。人間の言葉を借りるとするなら、ざまあみろってところかな」

こんな性格の悪さをミトが知ったら嫌われてしまうかなと思いつつ、波琉はうるさいハエがミトに絡まなくなるならそれでいいと考えた。

常に波琉が心を動かすのはミトに関する物事だけなのだ。

「あっ、そうそう。君なら百年前に金赤に追放された星奈の一族を知っているかな？」

「百年前？　いえ、金赤様からはなにもお聞きしておりませんが」

「なんだ。そっか……」

波琉は少し残念そうにする。

「じゃあ、天界に帰ったら金赤に一度龍花の町に来るように頼んでよ。彼の口から、正確な星奈の一族の情報を知りたいんだ。百年前になにがあったか」

「承知しました」

深く頭を下げ了承した久遠は、それからすぐに天界へと帰っていった。

五章

朝、ミトは波琉から突然、久遠が天界に帰ったと教えられる。

「えっ、久遠さん帰っちゃったの？」

「うん、そうだよ」

「でも、皐月さんは？」

彼女は相変わらず絡んでくるが、昨日も変わった様子はなかった。

「久遠ひとりで帰ったよ。伴侶の子とは関係を解消することにしたようだ。あの子の我儘に耐えられなくなったみたい」

「えー」

ミトはひどく驚いた。

「いや、まあ、確かに我儘がすぎたけど……」

なにかというと久遠の名前を出して他者を脅すのだから、我儘で片付けられなくなったのだろうか。

「久遠にも傲慢さが目立つようになったらしいからね。自業自得だよ」

「久遠さんから愛想を尽かされちゃったの？」

「まあ、そういうことだね。久遠のように心の広い龍神でも、ぞんざいに扱われたら愛情も消え失せていくってことだよ。久遠だからここまで我慢できたんだろうね」

「そっか……」

ミトはなんだか複雑な気分だった。

一方で、話を聞いていたクロとチコはご機嫌だ。

『あの女、龍神の後見がなくなってどうするのかしらねぇ』

『何度チコの話を聞いて引っかいてやろうと思ったか。これで大人しくなるんじゃない？』

お互いにチュンチュン、ニャンニャンと笑うように鳴いている。そばにいたシロはよく分かっていないようで、こてんと首をかしげている。

『チコ、その女がどんな顔してたか教えてよね』

『了～解。いっそクロも来たらいいのに』

『前に試したけど、用務員に見つかって外に放り出されたのよねぇ』

クロはいつの間に来ていたのか。用務員に見つかったと言っているが、なにもなくて幸いだった。

「じゃあ、私は学校行くからクロはちゃんとお留守番ね」

『分かってるわよ。シロも目を離すとなにするか分からないからね』

『そんなことないよ。僕ちゃんとお留守番できるもん』

尻尾をブンブン振るシロに、クロをはじめチコもミトも残念な子を見るような眼差しを向ける。

先日もシロが蝶々《ちょうちょう》を追いかけたまま外に出てしまい、町の中で迷子になって泣いていたのをチコが見つけクロが連れ戻したという事件があった。

あれからシロにはGPSつきの首輪をつけるようになったのだ。アホかわいいとはまさにシロのためにあるような言葉である。

車に乗って学校へ行くと、千歳がすでに待ちかまえていた。

「おはよう、千歳君」

「おはよ。今日は朝から大騒ぎになってる」

「なんで？」

「我儘女その一の話」

それで伝わってしまうのが切ないが、皐月のことだ。どうあっても名前を言いたくないらしい。

「それって、久遠さんの？」

「そっ。我儘女その一を捨てて天界に帰ったって皆言ってるよ」

「もう話が伝わってるの？」

ミトでさえ今朝波琉から教えられたところなのに。

「おかげで我儘女その二の派閥の奴らがいきり立ってるよ」

散々皐月に煮え湯を飲まされ続けてきたありすとありすの派閥の生徒。

これまでは久遠という盾が皐月を守っていたが、久遠はもういない。ありすの派閥が調子づくのも仕方がないのかもしれない。

一時はミトを派閥のトップにして皐月に対抗しようとしたほどだ。

けれどミトはきっぱりと断り、その後すぐにはあきらめないだろうと予想したが接触してくることはなかった。

千歳いわく、しつこくして波琉が出てくるのを警戒したんだろうとのこと。

あっさり引き下がるとは思わなかったので、少々消化不良気味だ。まあ、しつこくつきまとわれないで、よかったのはよかったのだが。

「じゃあ、昼に」

「ありがとう」

ミトを特別科の教室まで送り届けて、千歳は自分の教室に向かった。

中に入ると予想外にも皐月が来ていたので驚いた。プライドの高い皐月なので、周りから揶揄される事態を恐れて学校には来ないだろうと思っていたのだ。

しかし、変わらぬ様子で自分の席に座っている。

すると、ありすの派閥の生徒が数名近寄っていった。

「皐月さーん。よくのこのこ学校に来られたよね？　私だったらショックで寝込んじゃうのに、さすが面の皮が厚い皐月さんね」

皐月は反論はしなかったが、ギッと相手をにらみつけた。

けれど久遠がいない今、恐れる者はほとんどいない。

「にらんだって怖くないわよ。無様よねぇ。散々偉そうにしていて、最後は捨てられちゃうなんて」

「でも、久遠様だってあなたみたいな人、嫌に決まってるよね。いろんな人から嫌われてるんだもの。ざまあみろだわ」

ミトは皐月を責める人たちにも不快感を覚えたが、これまで皐月の取り巻きをしていた生徒の誰もが助けに入らない姿が余計に気分が悪い。

金魚のフンのごとく皐月の後ろをついて回っていたのに、結局は皐月によって得られる甘い蜜を吸っていただけ。得られないと分かれば、蜘蛛《くも》の子を散らすように逃げていってしまう。

それは皐月に人望がないからで、日頃の行いゆえの自業自得かもしれないが、そんなに手のひらを返してしまうなんてひどいとも思う。

ありすの派閥の子たちも、誰も助けに入らないのを見てニヤリと笑う。

「もうあなたは終わりよ。龍神に捨てられた花印なんて憐れなものよね。私たちにはまだ龍神様が迎えに来てくれる可能性があるけど、あなたが龍神の伴侶になるのは絶対にあり得なくなってしまった。格で言えば私たちよりずっと劣ってるってことになるの。ちゃんと理解してる？」

　ひとりが皐月の机をガッと蹴りつける。

「これからはありすさんに逆らわないようにね。あなたとじゃ立場が違ってしまったんだから」

　皐月は必死で耐えるようにしている。そして、最後まで口を開かなかった。

　いつの間にか教室に入ってきていたありすも派閥の子を止めるでもなく、それまで皐月の派閥にいた子たちが皐月を見捨ててご機嫌うかがいをしてくるのを微笑んで見ているだけだ。

　派閥の人たちは崇めるようにありすを立てるが、皐月といったいなにが違うのだろうか。

　久遠がいるかいないかだけでこんなにも違ってくる状況にも我慢がならない。人間の愚かさと醜さを見てしまったようで気分が悪くなった。

　そんなホームルーム前の出来事をお昼休みに校長室で校長に愚痴っていると、校長も頭を悩ませているようだった。

「本当に参った状況だ」

「なんとかならないんですか？　教室の空気が悪くてかないません」

「それができたら私の頭はもっとふさふさだ。まあ、星奈さんのおかげで毛に元気が戻ったようでな。肌の調子もバッチリだ。やはり紫紺様の神力とハリセンは最強の組み合わせらしい」

上機嫌でハリセンをペシペシと手に叩きつけている校長は、確かに以前よりも肌のつやがよくなっている気がする。

自分にそんな力があるとミトは思っていないが、校長は信じているようだ。

まあ、本人が納得しているなら別にいい。しかし、校長がいろいろと言いふらしているらしく、ハリセンで叩いてくれとマイハリセンを持ってミトに頼みに来る先生が増えたのが問題だった。

紫紺の王の伴侶ということで恐怖と怯えの眼差しで見られていたが、今では尊敬が含まれるようになったのは気のせいではないはず。

主に、頭にコンプレックスを持っている中年男性と、美意識の高い女性からの支持率が上がっている。

怖がられるよりマシだが、これでいいのかと判断に困ってしまう。

校長はいったんハリセンを置いて、真剣な表情で話し始めた。

「美波さんもなぁ、今までの行いがあまりに悪すぎた。そうでなかったらここまで非難されなかっただろうに……」

ミトも深く同意する。久遠に選ばれた特別な人間だと我儘がすぎた。

「花印を持った子たちはよくも悪くも上下関係に敏感だ。龍神に選ばれた子を頂点とし、龍神に捨てられた子は龍神を待つ子たちより立場が一番下に転がり落ちてしまったと言っていい。美波さんは好き勝手していた分、ひどい扱いをされないか心配だ。星奈さん、気をつけて見てやってはくれまいか？　少し助け船を出すだけでいいんだが……」

ミトの顔色をうかがうように校長は懇願する。

ミトは皐月にもありすにもできるだけ関わり合いになりたくないというのが正直なところだ。しかし……。

「進んで関わったりはしないですけど、あまりにもひどくて目についた時には」

明言しなかったが、校長は「かまわない。ありがとう」とミトに続いて感謝の言葉を口にした。

「では、失礼します」

用も終わったのでさっさと出ていこうとしたが、ミトの手を校長が掴む。

「待ちなさい」

「なんですか？」

「今日の日課がまだではないか！」

そう言ってハリセンを差し出すので、ミトは半目になりながらいつもより力を込めてぶっ叩いた。

校長室の外で待っていた千歳と食堂へ行くと、ゴミ箱を持って中のゴミを頭からぶちまけられている皐月の姿があった。

我が目を疑うほどの光景。

座り込み俯《うつむ》いている皐月の表情は分からない。

ゴミをかけたのは、昨日まで皐月の取り巻きをしていた派閥の生徒。久遠が天界に帰ったと知り、さっさとありすに鞍替《くらが》えをしていたので記憶にもよく刻まれている。

ゴミをかけた生徒は若干気まずそうな顔をしながら、そばにいるありすをうかがうように視線を向けた。

ありすは腕を組みながらぞくりとするような微笑みを浮かべている。そして、ゴミにまみれた皐月に向けて告げる。

「皐月さん、これは皐月さんがしてきたことの行いが返ってきただけなんですよ。おかげで、やられた者の気持ちがやっと理解できたでしょう?」

自分は間違っていないと自信にあふれた声で、皐月に説教を垂れる。

ありすに呼応するように、周囲からヤジが飛んだ。

「俺たちの気持ちが分かったか！」

「散々下に見やがって」

「いい気味よ。当然の報いだわ」

「もう学校に来なきゃいいのに」

中には皐月に媚びへつらっていた生徒も混じっており、態度の変わりように不快感がミトを襲う。

なんなのか、これは……。

ありすは正義感から被害に遭った生徒を守っていたのではないのか。

皐月は確かに多くの生徒をもてあそんでいて被害者は多いが、ありすのやっていることは皐月と同じではないか。

これのどこに正義があるのか。

見ていられなくなったミトは、一直線に皐月の元へ向かう。

後ろから千歳がやれやれという様子でついてきた。止めるつもりはないらしい。

ミトは別のゴミ箱を皐月にかけようとしている生徒の前に立ち皐月を庇《かば》う。

今まで介入してこなかった紫紺の王の伴侶であるミトの登場に、ヤジも止まる。

ありすもわずかに動揺した顔をした。

「やりすぎよ」

ありすに向かって告げるが、ありすは強気な表情を取り戻す。

「そんなことないわ。これは因果応報。彼女の悪事が返ってきただけよ」

「指示してるのはあなたじゃない。それは因果応報とは言わない。ただのいじめでしかないわ」

逆らえないと分かって集団で攻撃するなんて……。

村での記憶がミトの脳裏をよぎる。逆らいたくても逆らえない、あの頃の嫌な記憶が今とリンクする。

「あなたは今までなにもしてこなかったのに、皐月さんは庇うの？　ならもっと早く動いてくれればよかったじゃない」

「龍神を笠に着てやりたい放題してるあなたたちがどっちもどっちだったから、関わりたくなかっただけ。けど、今のこの状況は見ていられない。やり方が汚いもの。理由なんてそれだけで十分よ。正義感を気取って、やってるのは皐月さんと同じじゃない」

ミトとありすの視線が交差する。

ミトは振り返ると皐月に手を伸ばした。しかし、その手は皐月に振り払われる。

「なんなのよ。同情のつもり？　紫紺の王っていうバックがいる者の余裕ってわけ？　あんたに助けられるぐらいなら、こいつらに殴られた方がずっとマシよ！」

そう叫ぶや、皐月は立ち上がって食堂から走って出ていった。

ミトは周囲を威嚇するように見回す。

「最低ね。あなたたち」

何名かは気まずそうに視線を逸らしたが、ほとんどの生徒は自分が悪いと思っていない様子だった。

「学校がこんな大変なところだって思わなかった……」

ぽつりとつぶやいた言葉は千歳だけが拾い、ミトの頭を労るようにポンポンと優しく撫でた。


翌日から皐月は学校を休むようになった。

すべてが敵に回ってしまい、集団で囲まれたのだから当然の結果だ。

一週間経っても二週間経っても学校に現れない皐月を、さすがのミトも心配になってきた。

難しい顔で屋敷を歩いていると蒼真を見つけたのですぐさま捕まえる。

「蒼真さん。皐月さんについてなにか知らないんですか？」

花印を持った子の管理は神薙がしている。千歳は知らないようだったが、蒼真ならもしやと思って聞いてみたら言葉を濁された。

「いや、まあ、なんだ……」

はっきりとしない蒼真にミトは不審がる。

「蒼真さん、なにを隠してるんですか？」

じとっとした目を向けるミトに、蒼真は迷った末に話し始める。

「実はな、ミトの言ってる美波皐月が行方不明なんだよ」

衝撃の言葉を発した蒼真に、ミトは目を見開く。

「どういうことですか⁉」

ずいっと身を乗り出すミトを「落ち着け」と窘めた蒼真は、心底困ったように頭をかいた。

「俺たちにも分からねぇんだよ。神薙本部が行方を捜してるけど、所在を確認できないんだ。久遠様との関係が解消されて間もないから、神薙本部も特に動向を注意してたはずなんだが、二週間前から忽然《こつぜん》と姿を消しちまったんだよ」

「なんでですか！」

「俺に言うな。神薙たちも混乱してるんだから。元とはいえ久遠様の伴侶だった人物が消えたってんで、本部は大騒ぎだ。町から出てはいないはずなんだけどなぁ」

二週間前というと、皐月が学校に来なくなった頃だ。

「波琉なら……」

「あー、それは無理だな」

「どうしてですか？」

「とっくに頼んだ後だ。お前をいじめてた奴をどうして探す必要があるんだって断られた。紫紺様にとってあの女は大事な伴侶を傷つける敵っていう認識だから仕方ないだろ」

まだ怒っていたのかと、ミトはちょっとあきれてしまう。

いじめられたといっても大したことはされていないのだが、それでも波琉には許しがたい出来事だったのだろう。

普段は広大な海のように広い心を持っているのに、ミトのことになると極端に心が狭くなるのはいったいどういうことなのか。

「それに、紫紺様は別の用事で忙しいらしいからな」

「別の用事？」

「こっちの話だ。お前は気にするな」

よく分からないが、波琉の協力を得られないとなると、ミトにできるのはひとつだけ。

「チコに頼んでみましょうか？」

「あ？」

「チコと町にいるたくさんのスズメたちなら、彼女がどこにいるか知っているかもしれません。もし知らなくても、探すのを手伝ってくれるかも」

「その手があったか」

蒼真は表情を明るくしてミトの両肩を叩く。

「よし、なら頼んだぞ。いろいろと手を尽くした後だから、打つ手がなくなってたところなんだよ。鳥ならもっと多くの情報が得られるかもだな」

ということで、スズメたちによる龍花の町の大捜索が始まった。

ミト自身は捜索の役には立たないので、手を貸してくれるスズメたちのためにスーパーに行って一番値段の高いお米を買い、スズメたちに英気を養ってもらう。

スズメたちはお米をたらふく食べてから次々に町に散っていく。

捜索の指揮はチコが執っていた。町の地図を見ながらスズメたちにどこどこを探すように指示しているのである。なんと頼もしいのだろうか。

どうやらチコはスズメたちのボス的存在のようだ。

ミトは村でも動物たちに助けられてきたので違和感はなかったが、動物たちがミトに従って動いている様子を目にした蒼真はあっけにとられていた。

「話には聞いてたけど、まじか……」

どうやら蒼真はミトの能力には半信半疑だったようだ。

これまで蒼真の前でもクロやシロと話をしていたのに、信じられていなかったとは。

まあ、普通の人間には動物の言葉を理解できないので仕方がない。

スズメたちだけでなく、クロも町にいる野良猫に頼んで情報を集めてくれているようだ。

しかし、動物たちの情報網をもってしても皐月を見つけることはできなかった。


学校の帰り道、この日は波琉とクレープのお店にやってきた。

正直皐月のことが気がかりだったが、動物たちが力を合わせても無理だったのに、ミトひとりでなにができるわけでもない。

気分転換に波琉とデートしてこいと言ったのは蒼真だった。

写真の載ったメニュー表を凝視し、ミトは現金にも目を輝かせる。

「おおー」

さらには、鉄板で上手に丸くクレープの生地を焼く店員の技術を前に再度声をあげた。

「うわー、すごい！　波琉、見て見て！」

「確かにすごいね」

ミトと比べるとテンションは低いが、木の棒ひとつで綺麗な円形を作る様子に波琉も感心しているようだ。

ミトはメニューを決めるのも忘れて、作っている様子を楽しげに眺めている。

「ミト、見ているだけじゃなくて食べた方がもっと楽しいよ」

「うん！」

ミトは一番人気という、季節のフルーツをふんだんに使った生クリームたっぷりの期間限定クレープを注文し、大きな口でかぶりついた。

「美味しー」

波琉はクスクスと笑いながら、蒼真からさっと渡されたハンカチでミトの口元についたクリームを拭く。

「あっ、ありがとう」

恥ずかしそうにしながら笑うミトの様子に、波琉も微笑んだ。

「ミトが元気そうでよかったよ。最近気分が沈んでるようだったからね」

「心配かけてた？　ごめんね」

「謝る必要はないよ。僕はミトが笑っていられるならそれでいいんだから」

「だったら、皐月さんを探してくれたり……」

期待に満ちた眼差しを波琉に向けるが……。

「それはやだ」

満面の笑みできっぱりと断られてしまい、ミトはがっくりとする。

「そんなに皐月さんが嫌いなの？」

「当然。ミトにしたことを忘れたわけじゃないからね。そんな子がどうなろうと僕には関係ないし」

時折見せるこういう冷淡なところはやはり波琉が人間ではなく龍神だからなのだろうか。

「逆に、ミトはどうしてそんなにその子を気にするの？　仲がよかったわけでもないでしょう？」

「そうなんだけど……。なんていうのかな。言葉で言い表すのは難しいんだけど、同情？しちゃったのかも」

いじめられている皐月を見て、昔の自分を投影した。

その翌日から学校に来なくなったので、余計に気にしてしまうのだろう。

「ねえ、波琉だったら探せるの？」

波琉は笑みを浮かべるが、問いに答えることはなくミトの持っていたクレープにかぶりつく。

「うん、結構美味しいね」

「あー、波琉ったら、残してたアイスクリームのとこ全部食べちゃった」

ひどいとショックを受けるミトの頭を、波琉はクスリと笑いながら愛でるように撫でた。

「もう一個食べればいいよ」

「甘い物食べすぎたら太るもん」

「ぽっちゃりなミトもきっとかわいいから大丈夫」

フォローしているのかいないのか微妙な言葉をかけられ、ミトは反応に困った。

「どうする？」

「夕ごはん食べられなくなるからまた今度にする」

「そうだね。また来よう」

少々不機嫌なミトの機嫌を取るように頬を撫でた波琉は、ミトの手を握って帰るための車へと向かう。

ふと波琉が振り返ると、夕焼けが赤く染める空を梟《ふくろう》が飛んでいった。

皐月が見つからないまま無為に時間が過ぎていくのを歯がゆく思っていると、事態が一変する。

ある日何事もなかったかのように皐月が学校に登校してきたのだ。

見つからないと頭を悩ませていたミトもびっくりする。

だが、様子がおかしい。制服ではなく私服で、その服も泥で汚れている。いつも綺麗にセットされた髪も艶がなく、ところどころ乱れてざんばら状態。

なによりおかしいのは表情。目には生気がなく、人形のように表情が抜け落ちていた。

あきらかに異様な姿に、特別科の生徒は騒然となる。

「えっ、なに？　皐月さん……よね？」

「どうしたんだ？」

「なんかおかしくない？」

驚く生徒たちの声など耳に入っていないように、ゆらりと動いた皐月はその目にありすの姿を映す。そして突然豹変したように敵意を剥き出しに襲いかかった。

「きゃあぁぁ！」

「ぐあぁっ！」

まるで獣のような咆哮《ほうこう》をあげ、ありすの肩を掴み、噛みつこうとする。

慌てて周囲の男子生徒が押さえ込もうとするが、皐月は彼らを振り払っていく。

目を血走らせて手負いの獣のように暴れる皐月に、多くの悲鳴が教室に響いた。

「あああぁぁ！」

人間のものとは思えない皐月の威圧感に、誰もが動けず立ち尽くすしかできない。

再びありすに向かっていく皐月に、唯一動けたミトが飛びかかる。

しかし、男子生徒数名をもってしても押さえきれなかった皐月を、ミトひとりで大人しくさせられるはずがなく、恐ろしいほどの怪力で投げ飛ばされた。

じりじりとありすに近付いていく皐月。

ありすは恐怖で足が動かない様子で、震えているしかなかった。その時……。

『そいつじゃない』

どこからか聞こえた、男性のような低い不思議な声。

出所を探し、ふと窓の外を見ると、梟が木に止まってじっとこちらを見ていた。

どこか梟に違和感を覚え目が離せないでいると、皐月がありすからミトに矛先を変えて襲ってきたのである。

腕をばたつかせて必死になって抵抗するが、皐月の手がミトの頬や腕に当たり引っかかれる。赤く爪痕がつき、ところどころ血がにじむ。

痛みに顔をしかめながら皐月を遠ざけようとミトも暴れるが、とうとう押し倒されてしまう。

まずい！と覆い被さってくる皐月の攻撃に身をすくめたところで、急に皐月の体が横に吹っ飛んだ。

まるでなにかに弾かれるように飛ばされた皐月は、椅子や机に体を強くぶつけた後、動かなくなった。

誰もが皐月の身になにが起こったのか分からず、教室内は静まり返った。

ミトも目を丸くして驚いていると、手を差し出してくれる人がいた。

「大丈夫？」

「千歳君……」

千歳は怪我をしたミトの頬や腕を見て、チッと舌打ちをする。

「ごめん。もっと早く気づけばよかった」

「ううん。ありがとう。……皐月さんは？」

ミトが千歳に手を借りながらよろよろ起き上がると、千歳が皐月の様子を確認する。

「気を失ってるみたいだ。念のために拘束しておこう」

教室内にあったガムテープで皐月の両手と両足をグルグル巻きにする。

「すぐに本部に連絡するよ。いったいなにがどうしたんだ……」

千歳はスマホを取り出して電話をし始めた。

ほっとひと息ついたミトは、窓の外を見てぽつりとつぶやく。

「……波琉？」

なぜだか分からないが、波琉が助けてくれたような気がした。

しかし波琉の姿はどこにもなく、気のせいかと思い直す。

「そういえば、梟が……」

先ほどまでいた梟の姿がなくなっていたのが、妙に気になった。

＊＊＊

波琉は学校からほど近いビルの屋上にいた。

屋上からはミトのいる教室がよく見える。それは龍神の優れた五感があってこそで、普通の人間に教室の中の様子までうかがうことはできないだろう。

波琉の手には先ほどミトが窓の外で見た梟が捕まっていた。梟は逃げ出そうとバタバタと暴れているが、強く握りしめている波琉の手から逃れられずにいる。

「僕のミトを狙うなんて命知らずだね」

怒りをあふれさせたひどく冷淡な声で、梟を掴む手の力を強める。

「僕に偽物の花印を散々送って寄越したのは君かな？」

波琉は冷たい目をした笑みを浮かべ問い詰めると、梟はとうとうあらがうことをやめて静かになった。

『百年の恨みは忘れはしない』

梟は波琉に向けて強い力をぶつけてきたが、それを軽くいなして、逆に梟の攻撃を上回る神気をぶつけた。

すると、梟は煙のように消えていった。

静寂に包まれる中、波琉は教室へと視線を向けた。どうやらミトは元気な様子で動いており、ほっとする。

「さて、どうしようかな……」

波琉のつぶやきは、近くにいた蒼真にだけ聞こえていた。

＊＊＊

気を失ったままの皐月は、千歳が呼んだ本部の神薙によって連れていかれることに。

しばらく呆然《ぼうぜん》としていたありすだが、気分が悪くなったと保健室へ草葉が付き添っていった。

残った生徒は惨憺《さんたん》たる有様になった教室を掃除し、ほぼ元の状態に戻した。ほぼというのは、割れた花瓶や折れた椅子はどうしようもなかったからだ。

まさか椅子が折れるとは、と壊れた椅子を見た全員が顔色を悪くする。

先ほどの騒ぎは夢ではないのだと、その椅子が証明しているようだった。

ようやく落ち着きを取り戻した頃、別の騒ぎが起こる。

なにやら怒鳴り声が聞こえて、今度は何事だと特別科の生徒が玄関ホールへ見に行くと、龍神と思われる人が大声で騒いでいるではないか。

「あれは我儘女その二の相手。位は紫紺様や久遠様に比べたらそれほど高くない」

ミトの知らない情報を千歳がこっそり教えてくれる。

「へぇ」

誰だかを知ることはできたが、なにをしに来たのかは本人が叫ぶ言葉で察しがついた。

「皐月という女を出せ！」

「落ち着いてください」

「これが落ち着けるか！　その女が私のありすを襲ったそうではないか。久遠様に捨てられ、気でも触れたのか？　とりあえず女を引き渡せ！　私が直々に罰をくれてやるわ！」

ありすが襲われたことを聞きつけてやってきたようだ。どうやら彼女と龍神の仲は良好らしい。

しかし、それで教師たちに迷惑をかけるのは問題である。

そもそも皐月はとっくに神薙本部に連れていかれてしまったのだから、引き渡せと言われても教師たちも困るだろうに。

「騒がしいよ」

教師たちが必死で落ち着かせようと苦慮している時、たったひと言で場を支配する声が響いた。

ゆったりとした様子で現れた波琉は、ありすの龍神に目を向ける。

「気持ちは分かるけど、彼らを困らせるのはよくないね」

「しかし、紫紺様っ！」

波琉はありすの龍神の耳元でなにやら囁《ささや》いた。

ありすの龍神はなにかに驚き、目を大きくしている。

「それは本当ですか？」

「うん。だから今は引いてくれるね？」

柔らかな声色で問う波琉に対して、ありすの龍神は深く頭を下げて「承知いたしました」と言って学校を去っていった。

あからさまにほっとした表情をする教師たちは、波琉に平身低頭で何度も感謝を伝えている。

軽く手を上げて挨拶してから、波琉はミトに向けて歩いてくる。

「ミト、怖かったでしょう？」

まるですべて見ていたかのように話す波琉は、ミトを抱きしめてポンポンと背を軽く叩く。

「波琉」

正直言うと怖かった。しかし……。

「大丈夫。千歳君がすぐ来てくれたから」

ミトが「ねっ」と千歳に向かって笑いかけると、波琉も千歳を初めて認識する。

「へぇ、君がミトの言ってた千歳君か。これからも〝世話係〟としてミトをよろしくね」

「は、はい。〝世話係〟として頑張ります」

なにやら千歳は頬を引きつらせていたが、ミトにはふたりの間で行われた牽制《けんせい》を察するのは難しかった。

ミトは波琉の袖をちょんちょんと引っ張り、声を小さくする。

「途中で助けてくれたのは波琉？」

波琉はミトの問いに無言を通したが、にっこりと笑ったその顔が答えだと思った。

その日はもう授業どころではないと、そのまま波琉とともに屋敷に帰ることになった。

車の中で、ミトは波琉に問う。

「皐月さんがどうして急にあんな風になったのか、波琉はなにか知ってるの？」

「……彼女は操られてただけだよ。龍神にね」

「えっ！　波琉と同じ龍神!?」

「いや、正確には同じではないよ。龍神は龍神でも、〝堕《お》ち神《がみ》〟となった龍神だ」

「堕ち神？」

ミトはきょとんとした表情で首をかしげる。

「龍神でありながら天帝より天界から追放され、神でなくなってしまった憐れな元龍神をそう呼ぶんだよ。とっくに消滅してしまったと思っていたけど、まだ存在を保っていたようだ」

波琉は強い意思の籠もった眼差しを走る車の外に向ける。

波琉の真剣な表情は、なにか理解しがたい大きなものが動きだしているように感じて不安になった。

ミトの心配そうな顔に気づいた波琉は、いつもの柔らかな笑みに変わる。

「そんな心配することでもないよ」

一転してけろりとした表情になった波琉に、ミトはついていけなかった。

「大変ななにかが起ころうとしてるんじゃないの？　元龍神だなんて……」

「あはは、ごめんんね。無駄に不安にさせちゃったかな。全然大した話じゃないよ。天帝から神の資格を取られちゃった半端者だからね。王である僕の敵じゃないよ」

「そうなの？」

それを聞いてようやくミトもほっとした。

「そうそう。それに強かったとしても、僕がいる限りミトに手出しなんてさせないよ」

「うん」

確かに波琉がいるなら安心だと心から思える。

先ほど皐月から守ってくれたように、そばにいなくても守ってくれるはずだ。

なにがあっても、必ず。

事件の翌日からは普通に授業が行われた。

怪我もしているので波琉には休んでもいいと言われたが、その後のことが気になったミトは迷わず登校した。

ホームルームではいつもは騒がしくて草葉の声も届かないほどなのに、その日ばかりは特別科の生徒は大人しかった。

ありすが休みであることも理由として挙げられるが、教師である草葉からなにかしらの説明があるかと思ったからだろう。

ミトも他の生徒と同じだった。

しかし、草葉からも他の教師からもなにひとつ皐月について語られることはなく、昨日の事件などなかったように坦々《たんたん》と授業が行われた。

質問した生徒もいたが、軽くスルーされてしまう。

がっかりとしたのはミトだけではなかっただろう。

そんな事件から数日後、週末とあって学校も休み。ミトは朝からキッチンに立って、作った料理をせっせとお弁当箱に詰めていく。

リビングでは昌宏が歯ぎしりしながら見ていた。

「あなた、そんなことだと歯が削れるわよ」

「しかしだな、俺にも作ってくれたことないのにっ！　ミトが……ミトが弁当を……」

「愛妻弁当じゃない。あなたには私が作ってあげてるでしょう」

「それとこれとは違うんだあぁぁぁ」

今度はテーブルに顔を伏せて泣きだしてしまった。志乃はやれやれという様子で肩をすくめた。

ミトは料理を詰め終えると、鞄に入れる。

「じゃあ、行ってくるね」

「いってらっしゃい。といってもお庭なんでしょう？」

「うん、そう」

ミトは嬉しそうにお弁当の入った鞄を持って家を出た。

外では波琉がシロと戯れている。

これまで『お手』と言えば伏せをし、『伏せ』と言えばお手をする、芸をしている

ようでできなかったシロに、言葉が通じる波琉が時々教えてあげているのだ。

波琉は生き物には関心がなかったらしいが、最近はミトと経験することでいろいろと関心事が増えた様子。

見慣れたはずの庭でピクニックをしようと言いだしたのも波琉だった。

ならばお弁当は私が作るとミトが手を挙げたので、波琉は大層喜んでいたのだ。

「ミト、準備できたの？」

「うん」

波琉は微笑み、ミトの持っていた鞄を持つと、お互いの手を握った。

広すぎる屋敷の庭はまだまだミトの知らない場所も多い。

裏庭は芝生と木々が広がるだけと思いきや、しばらく歩くと、どこからともなく鹿《しし》威《おど》しの音が聞こえてくる。

音に誘われていく先には、こぢんまりとした建物が隠れるようにしてあった。

「こんなところに、小屋なんてあったんだ」

「小屋というか茶室のようだね」

「入ってみていいのかな？」

「この敷地内のものは全部僕のために用意されたものだから大丈夫だと思うよ」

ためらいがちなミトに代わって波琉が建物の戸をあっさりと開けた。

中は波琉の言うように茶室のような畳の部屋で、閉められた雨戸を開けていくと、鹿威しと手水鉢《ちょうずばち》があり、枯山水《かれさんすい》の庭が広がっていた。

「わあ、すごい」

人目のつかないところにありながら、庭は雑草にまみれるでもなくとても綺麗に維持されていたので、誰かが定期的に手入れをしているのが分かる。

「ここでお弁当食べる？」

「そうしようか」

「うん」

置いてあった机を庭がよく見える場所に移動させてお弁当を広げる。

「すごいな。全部ミトが作ったの？」

「そうよ。ちゃんと愛情込めて作ったんだから」

楽しみだと言わんばかりの緩んだ波琉の表情を見て、ミトも嬉しくなる。

これほど喜んでくれるなら作り甲斐もあるというもの。

鹿威しの音を聞きながら、お弁当に箸を伸ばす。

なんだかここにいると別の世界に来たような気になってくる。数日前の事件のことなど遠い昔のように。

けれど、まだ終わってはいないのだ。

どうして皐月はあんな風になってしまったのか、未だに学校側から説明はない。神薙本部に連れていかれたというので蒼真にも千歳にも聞いてみたが、言葉を濁されてしまう。

皐月は無事なのだろうか。

事件以降ありすも学校には来ていないので、気になることがたくさんある。

そんなことを考えていると、ふいにミトの両頬を包むように波琉の手が触れ、はっとする。

「波琉？」

「駄目だよ、ミト。僕といる時は僕だけを見てくれないと」

柔らかく微笑む波琉は、ミトの目に自分が映ったのを確認すると頬から手を離した。

「ごめんね。でも……」

「あの子が気になる？」

あの子が誰を指すのか聞かずとも分かった。

「皐月さんがどうなったか、波琉は知ってる？」

駄目元だった。しかし、予想外にも波琉は話し始める。

「今朝蒼真から報告があったよ。問題なく目も覚めて、本人も落ち着いているって」

「そうなの!?」

「うん。だから、もうミトが心配することはないよ」

ミトはほっと息をつく。

「皐月さんがあんな人が変わったようになっちゃったのは、堕ち神っていう元龍神が原因なんだよね？」

「そうだよ」

「その龍神は捕まったの？」

「いや、まだ見つかってない」

ならばまた今回のようなことが起こるかもしれないのか。

あきらかに異常だった皐月を思い出す。

血走った目が合った時、縫い留められたように体が動かなかった。

それほど、皐月の気配は人間のそれとは違っていたのだ。

人をああも変えてしまえる龍神がまだどこかにいる。そう考えるだけで恐怖が襲ってくるようだ。

「大丈夫」

静かな、そして安心感を与える穏やかな波琉の声に、ミトは波琉を見る。

「なにがあっても僕が守るよ。ミトは僕と一緒に天界に行くんだから、ミトの人間としての寿命が尽きるまで、この町で一緒にいる。ミトもミトの家族も、ミトの大事なものすべて僕が守るから安心して。ミトはこの世界を思う存分楽しんだらいいんだ」

その後は一緒に天界へ。そこで永遠のような時をともに。

皐月のように龍神から手を放される可能性だってある。けれど、自分を見つめる波琉の優しい眼差しが変わることはないと信じたい。いや、信じている。

「うん、一緒に行こうね。約束」

「約束だよ」

なにがあっても絆《きずな》が切れてしまわないように。

どんなことが待ち受けていても一緒に乗り越えていけるように。

ふたりは契りを交わすように小指を絡めた。

特別書き下ろし番外編

シロの変わった日々

とある日のシロは、今日も元気よくだだっ広い庭を犬はしゃぎで駆けていた。

朝と夜にはきちんとミトの両親の家に戻って食事を取るが、食事と寝る時以外は自由気ままに動き回る。

村では鎖に繋がれていた上、あの飼い主は散歩を忘れることが多々あったので、今の自由な生活は夢のようだ。

前の飼い主に対して情などというものはさらさらなかった。

なにせ奴らは自分たちの大事なミトをいじめていた敵なのだ。だから、自分に芸を教えようとしていても、右から左に抜けていった。

決してできないわけじゃないんだよとミトにもクロにも説明したが、信じてもらえなかった。

ひどい……。

それを波琉に伝えると「じゃあ、僕が教えてあげる」と、そこから特訓が始まったのだ。

しかし、波琉も龍神ゆえに犬のしつけの仕方は知らなかったようで、蒼真に用意させた犬のしつけ本を片手に一緒に勉強するような感じだった。

元より飽き症なシロは、長時間の訓練には耐えられなくて早々に集中力をなくしたが、波琉はそれに気づくと切り上げてくれる。決してシロに強制はしない。

龍神の中でも偉い人のはずなのに、波琉はとても優しかった。

村長の家で毎日のように聞こえていたミトへの罵声も嫌みな言葉も、ここに来てからは聞かない。

村では悲しそうにしていることの方が多かったのに、最近のミトは笑っている顔の方が多い。

ミトが笑っていると、シロもなんだかとても嬉しくて仕方なかった。

ここは天国のようだ。

ひとりもミトをいじめる人間がいない。

だから、シロはこの屋敷に住む人たちが大好きになった。

クロものびのび過ごしているようだし、村にいたスズメもチコと名前をもらって一緒に暮らすようになった。

ミトに名前をつけてもらって羨ましいなと密かに思ったのは内緒だ。

シロの名前は村長がつけたのであまり嬉しくはないのだが、ミトに「シロ」と呼んでもらうのは好きだった。

最近ではそこに波琉も加わった。

ミトに優しい龍神様。

彼のミトを見る目は愛おしさがあふれており、ふたりが一緒にいるのを見つけると、自然と尻尾がぶんぶんと揺れてしまう。

ふたりともシロの大好きな人だが、もし波琉がミトを悲しませたらシロは噛みついて反省させてやるつもりだ。

それをクロとチコに話したら、『逆にやっつけられるだけだからやめときなさい』と叱られた。

けれど、そんなことを言いつつ、クロとチコもミトになにかあったら龍神だろうと戦う気は満々のように感じた。

シロたちが願うのは、ミトの幸せ。

それはきっとこの町でなら叶うだろうと、お弁当を持って出かけていったふたりを見送りながらシロは思った。

完

あとがき

こんにちは、クレハです。

一巻に引き続き、二巻を出していただけました。

お手に取ってくださってありがとうございます。

一巻では出会い編という感じで、ふたりが出会うまでに時間がかかり、あまりふたりの甘いシーンを書けなかったのが残念でしたが、今回は波琉の溺愛っぷりを書けたように思いますがいかがでしたでしょうか？

やっと村での生活から解放されて、本当の幸せを実感しているのではないでしょうか。

まだまだ波琉の押しに弱く、すぐに赤くなってしまう初々しいミトですが、きっとこれからもっと押しが強くなっていくのではないかと思います。

今はまだミトに合わせてくれている感じですね。

しかし、男女の機微に疎いミトですので、波琉は苦労するかもしれません。

さて、今回は新キャラがたくさん出てきました。

一押しは、チャラそうに見えて男気のある千歳でしょうか。

彼の登場にやきもちを焼いてしまう波琉ですが、密かに蒼真にもやきもちを焼いていたりします。

しかし、ミトと蒼真は異性というよりは兄と妹という感じがしているので大丈夫かなと思います。

そして少ししか出てきていない校長もいい味を出しているのではないかと思っているのですがどうでしょうか？

今回も活躍したハリセンですが、いつかなにかに使いたいなと思っていたりします。

実現するかは不明なんですが……。

不穏な気配も漂ってきた二巻ですが、三巻ではどうなっていくでしょうか。

今後のストーリーにも注目していただけたら嬉しいです。

では、三巻でお会いできるのを楽しみにしております。

クレハ

この物語はフィクションです。実在の人物、団体等とは一切関係がありません。

クレハ先生へのファンレターのあて先
〒104-0031　東京都中央区京橋1-3-1　八重洲口大栄ビル7F
スターツ出版（株）書籍編集部 気付
クレハ先生

龍神と許嫁の赤い花印二
～神々のための町～

2022年12月28日　初版第１刷発行
2023年５月25日　　　第４刷発行

著　者　　クレハ　

発 行 人　　菊地修一
デザイン　　カバー　北國ヤヨイ（ucai）
　　　　　　フォーマット　西村弘美
発 行 所　　スターツ出版株式会社
　　　　　　〒104-0031
　　　　　　東京都中央区京橋1-3-1　八重洲口大栄ビル7F
　　　　　　出版マーケティンググループ　TEL 03-6202-0386
　　　　　　（ご注文等に関するお問い合わせ）
　　　　　　URL　https://starts-pub.jp/
印 刷 所　　大日本印刷株式会社

Printed in Japan

ISBN　978-4-8137-1372-2　C0193

ISBN：978-4-8137-1286-2

和風あやかし恋愛ファンタジー
新婚編、開幕！

大人気シリーズ！

あらすじ

晴れて正式に鬼の花嫁となった柚子。玲夜の溺愛に包まれながら新婚生活を送っていた。ある日、あやかしの花嫁だけが呼ばれるお茶会への招待状が届き、猫又の花嫁・透子とお茶会へ訪れることに。しかし、お茶会の最中にいなくなった龍を探す柚子の身に危機が訪れて…⁉　文庫版限定の特別番外編『外伝 猫又の花嫁』収録。

定価：649円（本体590円+税10%）
ISBN 978-4-8137-1314-2